25

GEORGES SPITZMULLER

[AV]ENTURES D'AMOUR ET D'EPÉE SOUS HENRI IV

LE CAPITAINE BEL-CŒUR

LE DIAMANT DE SANCY

COLLECTIONS DU « LIVRE NATIONAL »

ÉDITIONS ... ...

Aventures d'amour et d'Épée sous Henri IV

LE DIAMANT DE SANCY

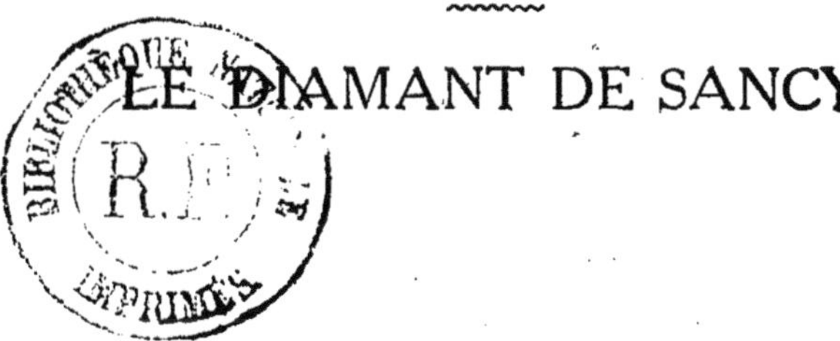

Aventures d'amour et d'épée sous Henri IV

LE

DIAMANT DE SANCY

ROMAN

ÉDITIONS JULES TALLANDIER, PARIS

75, Rue Dareau (XIV')

LE DIAMANT · DE SANCY

PREMIÈRE PARTIE

DE PONTOISE A GENÈVE

I

L'ÉGLISE DE PONTOISE

— Qu'est-ce que cette sonnerie de trompette, mon cousin ?

— Sire, c'est la dernière sommation faite par M. le maréchal de Biron aux assiégés...

— Ils n'en tiendront pas plus de compte que des précédentes... Ces gens-là sont enragés, mon cher Henriot !... N'est-ce pas votre avis ?

— Mon Dieu, sire... il y a, en plus de la sonnerie, quelque chose qui fera sans doute réfléchir les braves défenseurs de l'église de Pontoise : c'est que M. de Biron a fait dresser contre le monument une puissante batterie de fauconneaux... Peut-être comprendront-ils, dès lors, que toute résistance serait vaine ?

— Hum ! Nous allons voir ! fit Henri III, qui ne paraissait guère convaincu du résultat de la sommation.

Cependant, son interlocuteur — Henri de Navarre — regardait avec une attention passionnée du côté de l'église de Notre-Dame.

De la hauteur où il était placé avec le roi de France et une multitude de courtisans, de gentilshommes et d'officiers, le Béarnais pouvait à merveille distinguer la jolie ville de Pontoise, nichée en contre-bas dans la vallée de l'Oise.

A cheval sur cette rivière qu'enjambait un vieux pont (d'où son nom), Pontoise était aux mains des troupes des deux rois alliés aujourd'hui contre la Ligue (1).

Tous les environs étaient de même en leur pouvoir, et les armées conjointes de Henri III et de Henri de Navarre s'apprêtaient à marcher sur Paris. Mais ils étaient arrêtés là, depuis plusieurs jours, par la défense désespérée de l'église Notre-Dame de Pontoise qui résistait opiniâtrément à toutes les attaques acharnées, à tous les assauts réitérés des partisans du Valois et du Béarnais.

Tout d'abord, le siège avait été vigoureusement poussé par le duc d'Epernon et le mestre-de-camp de Charbonnières.

Les faubourgs étaient tombés assez tôt, malgré les héroïques efforts des Ligueurs commandés par Edmond de Hautefort...

---

(1) *Voir le* Capitaine Bel-Cœur, 3° *vol.* : La Belle Argentière.

Seule, restait Notre-Dame...

Autour des deux rois, parmi les gentilshommes de leur escorte, on s'entretenait des différentes victoires remportées depuis l'alliance de Henri III et du Béarnais.

— En vérité, disait le comte de Maulevrier, le siège de cette église est pour nous une question des plus importantes. Si nous tardons davantage, nous laisserons à Mayenne du temps pour organiser la défense de Paris. Il faut agir vite et réussir.

— Comme nous l'avons fait jusqu'ici, approuva Louis de Chaulnes.

— Jusqu'ici, ce vingt-septième de juillet 1589, dit un autre.

— Oh ! fit Antoine d'Haraucourt avec un sourire, je crois que la résistance de Paris est déjà organisée. Depuis que les Seize et les chefs de la Saint-Ligue travaillent la capitale, elle est entièrement en leur pouvoir, et il y a longtemps que l'on y a fait tout ce qui était utile pour la mettre en état de soutenir un siège.

— C'est aussi mon avis, déclara Roselin de Givry, le capitaine Bel-Cœur, en époussetant d'un léger coup de cravache sa botte de cuir fauve que tachait un peu de poussière... Depuis plusieurs mois, c'est-à-dire dès l'alliance de Leurs Majestés de France et de Navarre, la Ligue s'attend au siège de Paris et s'y est préparée.

— Certes ! s'exclama Gouffier de Bonnivet, et tous nos succès récents ont contribué à hâter les préparatifs de Mayenne... Le roi de Navarre vient de prendre Dourdan et campe à Meudon. Le roi de France est à Saint-Cloud... Avouez, messieurs, que les Seize seraient inexcusables si leurs mesures n'étaient pas encore fixées !

— Ma foi, je me sens tout prêt à les en excuser ! dit Louis du Frétoy en riant.

Tous l'imitèrent avec une gaieté insoucieuse, comme il sied à des gens qui peuvent être tués d'une minute à l'autre et se familiarisent avec cette idée... en n'y pensant plus.

Un des gentilshommes, le seigneur d'Auchy-la-Tour, reprit :

— D'ailleurs, ce qui prouve que les Ligueurs ne se préoccupent plus de la défense de Paris, c'est qu'ils passent eux-mêmes à l'attaque. Voyez le siège de Senlis !

— Ah ! s'écria Maulevrier, ils ont bien failli s'emparer de cette ville, malgré la résistance acharnée que leur opposaient MM. de Montmorency !

— Avouez, intervint Bel-Cœur, que l'attaque fut, également, fort énergiquement menée.

— Oui !... convint Chaulnes ; mais c'est que la prise de Senlis était de conséquence pour les Ligueurs. Cette ville occupée par nous coupait Paris de ses communications avec la Picardie.

— N'empêche ! murmura Bonnivet, M. de Givry a raison. Le duc d'Aumale a montré en cette occasion une vigueur, une habileté tout à son honneur, il faut le reconnaître.

Haraucourt acquiesça :

— Charles de Lorraine s'est révélé là un véritable homme de guerre, digne de ses parents François et Henri de Guise.

— C'est autre chose que le gros Mayenne ! fit railleusement du Frétoy.

Les gentilshommes rirent encore à l'évocation de l'obésité qui affligeait le frère de feu le Balafré.

— Mais, ajouta Givry, celui qui a montré les plus belles qualités militaires, en cette occurrence, c'est encore le valeureux La Noue.

Tous s'exclamèrent à la fois :

— Il a sauvé Senlis ! Quelle intrépidité !... Et cette vivacité d'action, cette promptitude de décision que rien n'arrête !

— Le jeune duc Henri de Longueville a eu sa part de mérite aussi ! prononça Maulevrier.

— Parbleu ! il a de qui tenir : petit-fils du brave Dunois, du bâtard d'Orléans, la terreur des Anglais, le compagnon de Jehanne la Lorraine...

— Il paraît, fit Louis de Chaulnes, que les troupes de La Noue ont poursuivi jusque dans les bois de Chantilly les Ligueurs en déroute !

— C'est exact, et les gens du duc d'Aumale ont été taillés en pièces comme gibier à l'hallali.

— M. de Balagny a été blessé fort grièvement.

— Balagny ? le fils du cruel Montluc ?

— C'est un capitaine courageux et énergique, déclara Givry.

— D'Aumale aussi a été blessé... Et Maqueville tué... M. de Chamois tué !...

— Deux des meilleurs officiers de la Ligue ! dit Maulevrier.

— Ajoutez la prise de dix canons, de plusieurs drapeaux et de tout le bagage des assaillants ! s'exclama du Frétoy.

— Diable ! fit Haraucourt, c'est un beau succès !

A ce moment, Charles d'Humières s'approcha du groupe, et frappant sur l'épaule de Maulevrier, prononça joyeusement :

— Nous y étions, n'est-ce pas, mon ami ? et nous pouvons parler pertinemment de La Noue pour l'avoir vu à l'œuvre !

— C'est un preux, déclara gravement le comte de Maulevrier. Les Ligueurs l'ont surnommé le « Bayard huguenot », et ils ont eu raison, car il a l'âme aussi élevée qu'il a le cœur vaillant et l'esprit droit.

— J'aime mieux encore l'appellation que lui donnent ses soldats : « Bras-de-Fer ! » Il faut voir quelle respectueuse et fervente admiration ils mettent dans ce surnom ! Ah ! les Ligueurs l'ont senti, le poids de son bras de fer !... Et, vive-Dieu, ils le sentiront encore !

Mais soudain, il se fit, dans la vallée au-dessous d'eux, une rumeur qui s'éleva et parvint jusqu'au camp des deux rois.

— Qu'est-ce ? demanda Henri III avec un soupçon d'inquiétude.

Un cavalier arrivait, haletant, couvert d'écume et de poussière.

— Sire, dit-il, les assiégés ont refusé de se rendre. L'attaque va reprendre sur-le-champ.

Des coups de feu partaient, en effet, pressés, nombreux ; et, bientôt, la fusillade crépita, tandis que le bruit sourd et prolongé du canon tonnait sans interruption.

Henri III avait l'air soucieux et maussade. Le Béarnais, au contraire, jovial, les yeux brillants, le visage animé, semblait heureux et confiant.

On sentait que cette atmosphère de bataille était son élément, tandis que le Valois rechignait à l'odeur de la poudre et au grondement des coulevrines.

Cependant, autour des deux rois, les conversations reprenaient entre les gentilshommes, toujours occupés à vanter La Noue, ce chef éminent à qui le jeune duc de Longueville venait de céder le commandement de sa propre armée, pour lui rendre hommage.

Henri III déclara :

— Il me tarde de voir ici M. de La Noue ; j'espère qu'il nous joindra bientôt.

— Il serait ici déjà, sire, dit Henri de Navarre ; mais il a dû assister aux prières que la ville de Senlis fait pour les armes de Votre Majesté, et aussi, pour remercier son sauveur... bien qu'il soit huguenot...

— N'a pas de religion qui nous délivre ! s'exclama le Valois avec fougue. La première place de maréchal qui vaquera sera pour M. de La Noue !... Et je vais, d'ores et déjà, lui en faire expédier le brevet.

— Inutile, sire, le voici, fit le Béarnais avec vivacité.

Et il désignait un groupe de cavaliers qui gravissaient alertement la colline.

Tous les gentilshommes présents avaient reconnu « Bras-de-Fer », et se portaient vers lui avec empressement.

Ils l'entouraient, respectueux, admiratifs, lui prodiguant les plus flatteurs éloges... qui, chose rare, étaient sincères.

Le duc de Longueville, aux côtés de La Noue, recevait sa part de compliments et y répondait avec une grâce souriante, tandis que le brave capitaine semblait gêné de cette avalanche de couronnes.

Henri III s'était avancé vivement.

— Enfin, s'écria-t-il, je puis donc contenter le vif désir que j'avais de vous voir, et de vous dire toute ma gratitude et toute ma joie !

— Sire ! balbutia Bras-de-Fer...

— Allons, allons, La Noue ! fit le Béarnais en frappant affectueusement sur l'épaule du capitaine, tu as été à la peine, il est bien juste que tu sois à l'honneur. Tu as le droit d'accepter gaillardement les remerciements, Ventre-Saint-Gris !

— Certes, appuya le Valois, et les miens ne seront pas seulement platoniques ! Monsieur de Châtillon, vous remettrez au capitaine de La Noue le brevet de maréchal de France.

Le héros, étourdi, presque confus, ne savait que répondre et aurait certes préféré donner un second assaut aux bataillons ligueurs que subir le flux de louanges de tous ces seigneurs et des deux rois.

Le Béarnais demanda :

— Ça, mon bon, conte-nous donc ton histoire de Compiègne ! Il paraît, pauvre ami, que tu as dû engager ta terre du Plessis-des-Tournelles afin de te procurer l'argent nécessaire pour acheter les munitions et poudres destinées à sauver Senlis ?

Le capitaine s'écria, surpris :

— Comment, sire, vous connaissez cela ?

— Tu le vois bien !

Henri III dit vivement :

— Oui, j'ai entendu parler aussi de cet engagements-là. Qu'y a-t-il de vrai là dedans, monsieur le maréchal ?

— Oh ! c'est très simple... Les premiers jours de mai, j'apprends que Senlis est attaqué par les Ligueurs et va tomber entre leurs mains... J'étais à Compiègne... Je mande auprès de moi les marchands de la ville et leur déclare que j'ai besoin, tout de suite, de poudre, de munitions, d'armes, bref, de tout ce qu'il me fallait pour guerroyer... Savez-vous ce que me répondirent ces marchands ? Qu'ils ne céderaient leurs marchandises que contre de l'argent comptant !

— Et vous en manquiez ? fit Henri III, sans sarcasme.

— Parbleu ! s'exclama La Noue... J'eus beau leur représenter qu'ils s'étaient déjà tous fort enrichis au service de Votre Majesté, je les appelai ingrats, trafiquants... et, indigné, je leur reprochai leur peu de zèle et de loyalisme...

— Bien dit ! ponctua le Béarnais.

— Alors, continua La Noue, voyant que rien ne les ébranlait et, comme il me fallait absolument ces munitions et ces poudres, je leur proposai de me les céder en nantissement de ma terre du Plessis-des-Tournelles.

— Et ils acceptèrent ? s'exclama le Valois.

— Tout de suite, sire... Ils firent mine de réfléchir, de se consulter... A la fin, ils dirent oui... Et voilà l'histoire ! termina La Noue en riant de bon cœur.

— Monsieur, s'écria Henri III avec feu, c'est moi qui rembourserai les marchands de Compiègne ! Il ne sera pas dit que mes meilleurs capitaines se ruineront à nous sauver !

— Eh bien moi, protesta une voix, je n'aurais pas agi comme M. de La Noue !

C'était Bel-Cœur qui avait parlé.

— Hein ? s'exclama le Béarnais... Que dis-tu, Givry ?

— Ah ! non, sire !

— Qu'aurais-tu donc fait ?

— J'aurais mis le feu aux maisons de ces rapaces fils de Mercure, déclara Roselin... et pendu le propriétaire en face de chaque foyer !

Tout le monde se mit à rire, approbativement ; mais un officier arrivait, apportant la nouvelle que M. de Hautefort venait d'être tué d'un coup de mousquet dans la tête.

C'était le défenseur de Pontoise, qui, avec 3.000 hommes du régiment de M. de Tremblecourt et 80 gentilshommes, résistait depuis deux semaines aux armées réunies du Valois et du Béarnais.

Cette annonce parut de bon augure aux deux rois, qui, cependant, rendirent hommage à la vaillance de leur ennemi tombé.

— Je crois, dit Henri III, que l'église capitulera maintenant que Hautefort est tué... C'était l'âme de la résistance...

— Hum ! fit le Béarnais, Tremblecourt est Lorrain et têtu ! Il continuera à soutenir le siège... D'ailleurs, le gouverneur de la ville est Neuville d'Azincourt, le fils de Villeroy, et à lui seul a pouvoir pour décider. Je doute qu'il cède avant d'y être réduit !

— C'est fâcheux ! grommela Henri III... La situation de l'église, en avant et hors de la ville, en fait le principal rempart, le meilleur boulevard de Pontoise. Il nous la faut !

— Bah ! nous l'aurons, sire !... fit Henri de Navarre.

Christophe de Lannoy remarqua :

— Les assiégés ont été quelque peu décontenancés par la mort de leur chef, et les nôtres en ont profité pour donner l'assaut avec plus de vigueur... Tenez, sire, voyez comme le combat reprend avec rage ! Ecoutez les salves des canons et les mousquetades frénétiques de nos troupes !

Brusquement, le Béarnais jeta un cri.

Il regardait l'église, appuyé sur l'épaule de M. de Charbonnières, son ami. Celui-ci venait de chanceler en poussant une exclamation soudaine et s'abattit sur le sol aux pieds du roi de Navarre. Une balle de mousquet, tirée du clocher de l'église, venait de l'atteindre en plein cœur, après lui avoir cassé les deux bras, croisés sur sa poitrine, le tuant raide.

Henri de Navarre s'agenouilla auprès du mestre de camp, la mine consternée et hochant douloureusement la tête en constatant que Charbonnières était mort...

— Ouais ! grommela Givry à Lannoy, voilà une balle qui s'est trompée d'adresse !

— Probable, fit l'autre... Le tireur était habile, mais fort heureusement, la distance a fait dévier la balle ; sans cela, au lieu de déplorer la mort de M. de Charbonnières, c'est le roi de Navarre que nous pleurerions !

Mais cet incident attristant fut brusquement délaissé, car l'église était enfin aux mains des assaillants.

Dans un élan irrésistible, les troupes de Henri III et de Navarre venaient de s'en emparer. Le gouverneur rendait la ville, en lâchant sa dernière clef.

D'ailleurs, la résistance aurait été vaine désormais, car l'église dominait entièrement Pontoise et, maîtres de ce poste et des faubourgs, les troupes royales auraient vite réduit la petite cité.

Un grand branle-bas se produisit aussitôt. Les soldats, fous de triomphe, grisés par la victoire, s'élançaient à travers les rues de Pontoise.

Des sons de cor, de trompe et de tambour proclamaient l'entrée des vainqueurs.

Des acclamations, des cris enthousiastes, des chants, des rires, s'élevaient, sonores, mêlés, éclatants dans une rumeur, un tumulte forcenés.

Des estafettes arrivaient, rapides, vers les deux rois, apportant, chacune, des nouvelles de succès secondaires.

Les petites places voisines, le long de l'Oise, tombaient une à une.

Creil, l'Isle-Adam étaient aux mains des rois alliés.

Et le crépuscule, avec le soleil qui embrasait le ciel de ses derniers reflets, semblait encadrer d'or la double gloire du Valois et du Béarnais.

— Eh bien, sire, dit joyeusement ce dernier à Henri III, que vous semble de cette journée du 27 juillet ?

Le roi de France sourit avec une mine plus claire, plus heureuse :

— Il me semble, répondit-il, que le succès définitif n'est pas loin !

— Enfin, Votre Majesté commence à espérer !

— Peut-être ! fit le Valois toujours enclin à la défiance et qui ne se laissait pas aller à l'enthousiasme avec la fureur de son cousin. Peut-être... Attendons la fin !

Le Béarnais eut un sourire ironique et s'écria :

— En attendant Paris, faisons notre entrée à Pontoise !

II

NUIT TROUBLÉE

Dans la ville prise, c'était un tohubohu de soldats parcourant les rues, cherchant des auberges où fêter, le verre en main, le succès du roi de France ou du roi de Navarre et la défaite des Ligueurs.

Les officiers, les gentilshommes de la suite des deux souverains déambulaient, également affairés, hâtifs, en quête de leur logement pour la nuit.

Givry, avec Guillaume de La Varenne et Roger de Bellegarde, se dirigeaient à travers la foule bigarrée, vers la petite maison qui leur avait été assignée à tous trois.

Un bourgeois les guidait.

— Ah ! vous avez de la chance, messieurs, disait le Pontoisien, vous allez être logés à merveille !

— Tant mieux ! fit Bellegarde, je sens le besoin de me reposer.

— Vous allez occuper le logis de ce pauvre M. de Hautefort...

— Bah ! En bon chrétien qu'il était, il aura, désormais, une place au paradis, prononça La Varenne... Par conséquent, il peut bien nous laisser la sienne ici !

— Où est-elle, cette maison ?... demanda Givry.

— Sur les bords de l'Oise, messire, répondit le bourgeois... Une jolie demeure, on peut le dire, avec un grand jardin et de hauts murs très épais qui cachent bien l'intérieur à tous les regards... Et le logis est agréable, fort bien meublé, très commode...

— Diable ! s'exclama La Varenne, en seriez-vous le propriétaire, par hasard ?

— Hélas ! non, messire...

Les quatre hommes croisaient sans cesse des groupes de soldats qui étaient escortés de Pontoisiens et de Pontoisiennes paraissant aussi gais et heureux que les vainqueurs.

— Allons, on fraternise ! remarqua Bellegarde. Et pourtant, il y a à peine une heure, les bons habitants de cette ville devaient nous souhaiter les pires maux et nous vouer à tous les diables !

— Le succès change bien des choses, dit Bel-Cœur avec un sourire... Tel qui vous exècre aujourd'hui vous adore demain.

Leur guide prononça d'une voix gênée et timide :

— Tenez, messieurs, voici la maison... là, sur la droite... cette toiture d'ardoises au milieu de ces grands arbres...

Ils traversaient le pont, et regardant vers le lieu indiqué par le bourgeois, ils purent, en effet, distinguer un toit noir parmi un fouillis de verdures.

— Eh ! le logis a bonne apparence, reconnut Roselin. Allons ! on nous a bien traités !

Ils arrivaient devant le mur du jardin. Une grille se dressait, que le bourgeois ouvrit en s'effaçant pour laisser entrer les trois gentilshommes.

Le Pontoisien demanda :

— Puis-je vous être encore utile en quelque chose, messires ?

— Non, merci monsieur !... Bonne nuit !... dirent les jeunes gens.

Le bourgeois se retira après moult saluts.

— Ah ! çà, fit alors Bellegarde, visitons cette maison en détail... Il me paraît que le bonhomme ne nous a pas conté de mensonges.

— En effet, convint Roselin, le lieu est charmant. Ces bosquets, ces allées ombreuses, ces charmilles... tout cela serait exquis si...

Il s'arrêta...

— Ah ! Bel-Cœur ! s'écria La Varenne, voici que cela te reprend ! A peine le service te laisse-t-il quelques loisirs que tu les voudrais consacrer à Vénus !

Roselin se borna à rire sans répondre.

Bellegarde, surpris, demanda :

— Qu'est-ce donc ? Qu'a dit M. de Givry ?

— Il n'a rien dit, riposta La Varenne, mais j'ai compris son silence... Il prétendait que ce jardin serait délicieux s'il était peuplé de quelques jolies déesses...

— Ah ! non, s'écria Givry. Pas de déesses. Fi !... Je préférerais d'humbles humaines !

Les trois jeunes gens, gais et plaisantant, étaient parvenus à la porte du logis.

Un large vestibule, des tapis, des tentures, puis un salon coquet, intime, et des pièces fort confortablement et même luxueusement meublées.

— Décidément, avoua Givry, ce pauvre M. de Hautefort n'était pas à plaindre de son vivant, car je présume qu'il a dû recevoir ici de charmantes visites !

— Des déesses !... fit La Varenne moqueur...

— Oui... de Pontoise !

— Les divinités locales ne sont pas déplaisantes du tout ! intervint Bellegarde... J'ai entrevu, tout à l'heure, en passant sur une petite place, une ravissante blonde de seize ans à peine.

— Et vous ne nous l'avez pas montrée ! s'exclama Roselin avec reproche.

— Dame ! mon ami, elle regardait derrière un rideau soulevé... et lorsqu'elle a vu que je la fixais, elle a laissé retomber aussitôt le pan d'étoffe.

— Il fera jour demain, dit La Varenne... Nous retrouverons la maison de la petite place et la ravissante blonde du rideau.

— En attendant, déclara Bel-Cœur, prenons nos quartiers... Comment nous partageons-nous ces chambres ?

— Jouons-les aux dés, proposa Bellegarde, ou bien à pile ou face.

— Ma foi ! non, je suis trop las ! répondit Guillaume. Choisissez à votre guise. Dès l'instant que j'aurai un lit pour reposer, le reste m'est égal.

— Eh bien, Givry, à vous l'honneur, donc !

— Je prendrai cette chambre-ci, en ce cas, déclara Roselin... Ces tentures bleues me plaisent assez. Le bleu, c'est ma couleur de prédilection.

— Parfait ! dit Bellegarde, je prendrai, quant à moi, la pièce voisine. J'y ai vu de belles tapisseries représentant des nymphes et des naïades au naturel, parmi des arbres et des roseaux. Cela va me procurer des rêves agréables !

— Je vous le souhaite ! s'exclama La Varenne... mais en ce qui me concerne, je ne demande qu'à dormir tranquillement.

— Sibaryte !

— Et je vais, de ce pas, gagner une petite chambre verte tout au bout du couloir. J'y ai aperçu un lit de fort belle taille... et cela me suffit amplement pour l'instant.

— Je crois bien, prononça Bellegarde en riant, que si des divinités locales ou autres, même olympiennes, venaient, cette nuit, troubler le sommeil de notre ami, elles seraient fort mal reçues !

— Ah ! certes, avoua Guillaume... Je suis rompu, messieurs... Pensez que voici deux semaines que je bataille, moi !

— Bah !... Nous aussi, firent Givry et Roger.

— Je vous admire si vous n'éprouvez pas le besoin de vous reposer : mais quant à moi, messieurs, je vous tire ma révérence...

Au même moment, des coups sonores retentirent en bas, à l'extérieur.

— Qu'est-ce cela ? fit La Varenne arrêtant net sa phrase.

— On heurte à la porte d'entrée, parbleu ! dit Bel-Cœur...

— Qui diable cela peut-il bien être ? murmura Bellegarde... Pourvu qu'on ne nous envoie pas de nouveaux occupants ! La plaisanterie serait amère.

— Allons voir, décida Roselin de Givry.

Et Guillaume bougonna, furieux :

— Est-ce une heure pour déranger les gens ? Si c'est quelque maraud qui se trompe, je vais le recevoir comme il le mérite !

Les trois gentilshommes descendaient vivement les degrés et couraient vers la porte du jardin, qu'ils ouvrirent.

Tout d'abord, ils ne virent, dans l'obscurité, que la forme massive d'un carrosse et la silhouette de deux chevaux.

Ensuite, une ombre se dressa près de la porte. L'ombre salua et prononça d'une voix empreinte de surprise :

— Pardonnez-moi, messieurs... on a dû me tromper... N'est-ce pas ici le logis occupé précédemment par M. de Hautefort ?

— Si fait, monsieur, répondit Roselin.

Il reconnaissait l'uniforme d'officier des gardes du roi de France.

L'officier, à la réponse de Bel-Cœur, parut plus interdit encore. Il reprit avec embarras :

— En ce cas... je ne comprends point !

On m'avait assigné cette maison, que l'on prétendait vide, et je vois que...

Roger de Bellegarde intervint, un peu maussade :

— Ma foi ! monsieur, nous avons été nous-mêmes logés ici fort régulièrement... et la maison est assez vaste pour vous donner asile.

— Il ne s'agit point de moi, répondit l'officier, mais bien de deux dames que j'accompagne...

Les trois gentilshommes sursautèrent et jetèrent des regards curieux vers le carrosse. Mais ils ne purent rien voir tant la nuit était sombre.

La Varenne bougonna quelques paroles inintelligibles, en homme à qui l'incident était fort désagréable.

Givry demanda :

— Des dames ?

— Oui.

— Qui sont-elles ?

— Mme de Gondi, l'épouse du général des galères, et la duchesse d'Epernon.

Bellegarde jeta cette exclamation éloquente :

— Diable !

Et tout bas, à l'oreille de Bel-Cœur, il ajouta :

— J'accepterais bien l'une ou l'autre, mais seule dans ma chambre...

Cependant, Roselin déclarait de bonne grâce :

— Nous allons recevoir ces dames et nous entendre avec elles.

Il se dirigeait vers le carrosse, suivi de ses deux amis. A la portière, tous trois s'inclinèrent et Givry prononça :

— S'il vous plaît de descendre, mesdames, nous allons vous faire les honneurs de ce logis.

Une voix au timbre mélodieux demanda avec quelque effarement :

— Mais... qui donc êtes-vous, messieurs ?

Givry se présenta, nomma Bellegarde et La Varenne. Quelques rapides paroles furent échangées à voix basse entre les deux femmes, puis la même voix reprit :

— Soit ! messieurs... Nous descendons.

Bel-Cœur ouvrit vivement la portière et offrit son poing aux deux voyageuses qui mirent lestement pied à terre.

Les trois gentilshommes les précédèrent à travers le jardin et les firent pénétrer en la maison.

Dans le petit salon illuminé par des candélabres, les deux femmes apparurent alors distinctement aux regards avides des trois gentilshommes.

Une de ces femmes, belle, brune, imposante, de haute taille, au port majestueux, aux traits réguliers et nobles et qui ressemblait à une Junon, accusait la quarantaine, âge redoutable parfois, mais nullement en l'espèce. C'était Catherine de Clermont-Tonnerre, épouse d'Albert de Gondi.

L'autre, toute jeune et dont les vingt-deux ans étaient restés enfantins et timides, montrait un délicieux minois rieur et modeste à la fois, avec de vaporeux cheveux blonds et deux yeux bleu de ciel. C'était Marguerite de Foix-Candale, la femme du duc d'Epernon.

La fleur épanouie et la rose en bouton.

Très jolies toutes les deux, très désirables, offrant le parfait contraste de leurs âges, de leur taille, de leurs formes et de leur teinte de chevelures...

Givry et La Varenne s'empressaient, galants, attentifs, avançant des sièges, offrant des coussins de pieds, débarrassant les manteaux, s'affairant avec une galanterie surexcitée.

Bellegarde, par contre, semblait bouder et discutait avec l'officier.

Mᵐᵉ de Gondi, très à l'aise et gracieuse, dit :

— Mon Dieu ! messieurs, vous devez nous maudire d'avoir si malencontreusement interrompu votre sommeil ?

— Oh ! madame, s'exclama Bel-Cœur, votre venue, nous est, au contraire, fort agréable ! Et nous bénissons le ciel de vous avoir envoyées ici où nous nous morfondions tous trois, ne sachant à quoi employer notre veillée !

— Vrai ? minauda Mᵐᵉ de Gondi.

— Dieu me foudroie si je mens, madame !

— L'impudent ! marmonna Guillaume de La Varenne.

Mᵐᵉ de Gondi reprit :

— Soit ! Mais nous vous dépossédons de votre logis... Et cela n'est point pardonnable... Ne serait-il point possible de trouver, ici près, quelque autre demeure pour nous ?

Elle s'adressait à l'officier qui les avait accompagnées.

Mais Bel-Cœur se récria :

— De grâce ! madame, ne vous tourmentez point. Nous vous céderons la place avec joie... et très honorés !

— Cependant... émit Marguerite...

— Qu'allez-vous faire ? demanda Catherine ; où allez-vous passer la nuit ?

Givry éclata d'un rire jeune et gai, sonnant comme une fanfare.

— Bah ! n'importe où... A la belle étoile même !... En cette saison, c'est chose fort plaisante, et d'ailleurs, nous y sommes habitués, mesdames !

— Serpenteau ! grommela La Varenne à l'oreille de Bellegarde. Le voilà qui fait le muguet devant ces deux femmes qui nous arrachent notre lit !

— Oui !... répondit Roger de même, il est heureux !... Il les a, maintenant, les déesses humaines qu'il demandait tout à l'heure ! Seulement, elles vont le mettre à la porte.

Cependant, tout haut, il reprit :

— M. de Givry a raison, madame. Veuillez donc vous installer céans sans vous préoccuper de nous.

— En ce cas, nous acceptons, déclara Mᵐᵉ de Gondi, et vous remercions fort, messieurs, de votre extrême galanterie. Nous sommes fort lasses, il est vrai. Voici je ne sais combien de jours que nous suivons l'armée... Ce soir, nous pensions joindre M. d'Epernon, mais son service le retient auprès du roi. Quant à mon mari, je n'en parle point, car M. de Gondi croise sur l'heure près de La Rochelle avec la flotte de Sa Majesté.

La Varenne, qui désirait ardemment se coucher, intervint :

— Permettez-moi, mesdames, de prendre congé de vous. Je vais tâcher de trouver quelque gîte pour mes amis et pour moi.

Sur leur signe d'acquiescement, Guillaume se retira avec l'officier.

Les deux femmes s'étaient levées.

— Nous allons donc goûter quelque repos, déclara Catherine... Encore mille merci, messieurs.

Et, avec un salut aimable et un charmant sourire, elles disparurent.

Bellegarde et Roselin demeurèrent seuls.

Ils se regardèrent un moment sans parler.

Roselin souriait ironiquement ; Bellegarde avait la mine déconfite.

— Eh bien ! fit-il, narquois et bougon, m'est avis que vous voilà servi, Givry !...

Les déesses sont bien là où vous les vouliez ; mais malheureusement elles ont sommeil et préfèrent les bras de Morphée à ceux du capitaine Bel-Cœur !

— Laissez, mon cher ! répondit Roselin en riant ; elles ne dormiront point toute la vie ! Ce qui est différé n'est pas perdu !

— Chut ! recommanda Bellegarde, nous ne savons point si les cloisons sont épaisses.

— Vous avez raison... D'ailleurs, quittons cette maison, où décidément, nous ne pouvons demeurer à présent qu'elle abrite de hautes et honnêtes dames... Descendons au jardin, mon ami. Nous ferons les cent pas au clair de lune en attendant le retour de La Varenne.

— Hum !... Les cent pas ! Les mille et dix mille, même... car notre malheureux fourrier aura fort à faire pour trouver un toit à cette heure tardive et en cette petite ville bondée !

— Qu'importe ! Il fait beau et doux dehors...

Les deux gentilshommes sortirent, et dans les allées enlunées du jardin, se promenèrent lentement, d'abord muets et absorbés tous deux par des pensées identiques.

— Oui, prononça enfin Bellegarde comme pour répondre à une question de Roselin, la brune Catherine est encore fort attrayante...

— C'est ce que je me disais, avoua Bel-Cœur.

— Vous ne la connaissiez point ?

— Non, et je le regrette.

— C'est une femme bien singulière, reprit Bellegarde. Elle est tour à tour, et avec la même maîtrise : femme, grande dame de la cour, écrivain, savante, amazone... C'est Minerve, Diane, et...

— Vénus ? ajouta Bel-Cœur.

— Peut-être, répliqua Bellegarde en souriant.

— Diantre !... Cela demande explication... Je crois sans peine que Mme de Gondi devait fort briller aux cercles de la reine... Mais pour le reste...

— Elle manie l'épée et la plume avec la même aisance que l'éventail, appuya Roger.

— Je vous écoute, mon cher, déclara Roselin, alléché. Racontez-moi les prouesses de la belle Catherine !

— Une, entre autres... Tenez !... Il y a

quelque vingt ans, elle était alors l'épouse de Jean d'Hennebaut, fils du baron de Retz. Son mari était absent et l'avait laissée seule en son château. Elle apprend qu'une bande de reîtres mêlée à des paysans, pillards de guerre civile, allait entrer sur ses domaines pour y porter le carnage et la dévastation.

— Que fit-elle ?

— Sans barguigner, elle rassemble et arme ses gens, gardes ou tenanciers, se met à leur tête, à cheval, la lance au poing, surprend les bandits avant qu'ils aient eu vent de son dessein, fond sur eux, les taille en pièces et les met en fuite après en avoir tué plusieurs de sa propre main !

— Vivat ! s'écria Bel-Cœur avec enthousiasme. Outre Minerve, Diane et Vénus, la belle Catherine est encore Bellone.

— Attendez maintenant que je vous conte un tout autre trait.

— Allez-y !

— J'ai dit qu'elle était fort instruite ; et, en effet, elle parle et écrit le latin et le grec comme M. Amyot, le Grand Aumônier du roi Henri III, traducteur de Plutarque ! Elle connaît également l'italien, l'espagnol, l'anglais et l'allemand, et je ne jurerais point qu'elle ne sache point aussi le turc !

— Ou le moscovite, fit railleusement Bel-Cœur.

— Si fait pour cette langue ! répliqua gravement Bellegarde. Et précisément, lorsque les ambassadeurs de Pologne vinrent en France, sous le feu roi Charles IX, demander au duc d'Anjou, présentement Henri III, de ceindre la couronne de Pologne, on se vit fort embarrassé au Louvre pour accueillir les envoyés, les comprendre et leur répondre.

— Ils ne parlaient donc pas le français, ces gens-là ?

— Quelques-uns, si... mais très peu et très mal... Mme de Gondi sauva la situation... La reine-mère, Catherine de Médicis, eut recours à elle ; et, mi en latin, mi en moscovite, la belle Gondi prononça une harangue, très longue et très belle, paraît-il, pour remercier les ambassadeurs polonais et leur donner l'acceptation du duc d'Anjou.

— Peste ! murmura Roselin... Que diront les Polonais ?

— Ils furent subjugués !... Il y avait

de quoi !... Et le chef de l'ambassade, l'archevêque de Guesne, clama bien haut son admiration pour cette noble dame, si docte, qu'il considéra comme une des merveilles du royaume !

— A juste titre, reconnut Bel-Cœur ; car, mon cher ami, il faut avouer que Mme de Gondi montra là une science peu commune.

— Et qui tira la Cour d'un grand embarras.

— Parfait pour l'amazone et la savante... Voyons, l'amoureuse, à présent, fit le baron de Givry avec curiosité.

Bellegarde sourit :

— Mon cher capitaine, je ne vous dirai rien de cela. Je ne veux point me faire l'écho de médisance ; et comme, en somme, je né sais rien de probant sur ce sujet, je préfère me taire.

Bel-Cœur n'essaya point de forcer la discrétion très courtoise du gentilhomme.

Il se borna à cette question :

— Cependant, d'après ce que vous avez ouï-dire, elle est aussi folle Vénus que docte Minerve ou courageuse Bellone ?

— Il le paraît !... prononça Bellegarde d'un air entendu.

— Et l'autre dame, la duchesse d'Epernon ? questionna Roselin.

— La blonde Marguerite, d'apparence douce, tendre et rêveuse est, elle aussi, une femme d'action. D'ailleurs, elle a de qui tenir, étant la petite-fille du connétable de Montmorency.

— Auriez-vous à son endroit quelque anecdote du genre de celle de Mme de Gondi ?

— Ecoutez celle-ci... Il y a quelques semaines, le duc d'Epernon, gouverneur de la Guyenne pour le roi de France, avait dû, devant le soulèvement des Ligueurs en cette province, s'enfermer dans son château d'Angoulême. Toutefois, il effectuait de nombreuses sorties sur les troupes de la Ligue, et Marguerite, refusant de laisser son époux courir seul au danger, l'accompagnait à chaque fois... Il y eut ainsi maintes échauffourées auxquelles elle prit vaillamment part.

— Mais, s'exclama Roselin, elle me paraît digne de son amie Mme de Gondi !

— Oui, comme intrépidité !... Mais attendez la suite... Or donc, dans un combat de cette sorte, Marguerite, trop téméraire, se porte en avant des gens de

d'Epernon... tombe sur les Ligueurs et... se trouve prise.

— L'otage était précieux !

— Les assiégeants l'emportent sans retard, la mettent en sûreté et mandent le duc sur les remparts... Il vient... On lui déclare que s'il ne se rend sur l'heure, on égorge sa femme sous ses yeux.

— Oh ! oh ! fit Givry... Et que fit le duc ?

— D'Epernon essaie d'atermoyer, mais les Ligueurs tiennent bon. On amène Marguerite pour l'égorger devant son mari... A ce moment, Mme d'Epernon exhorta son époux à ne pas céder...

— Ah ! ceci est admirable ! s'écria Roselin.

— N'est-ce pas ? Et elle fit si bien, sut employer des arguments tellement enflammés que d'Epernon fut convaincu et refusa de se rendre !

— Mais elle ?... Les Ligueurs, qu'en ont-ils fait ? demanda Givry, tout ému.

— Mon cher, elle sut garder une contenance si digne, si ferme, si hautaine, que ces gens la respectèrent et l'épargnèrent... Du reste, peu après, les troupes royales, accourues au secours de la ville, dégageaient d'Epernon et sauvaient la duchesse qui rentra à Angoulême fièrement et bellement !

— Le fait est rare ! dit Givry avec admiration. Tudieu ! de la part de cette langoureuse et fine jeune femme, cela est à peine croyable !... Mme de Gondi, elle, a un peu mieux l'apparence de la guerrière.

— Cela prouve qu'il ne faut pas toujours se fier aux apparences, mon cher Givry ! répondit gravement Bellegarde.

— En tous les cas, reprit Bel-Cœur, des deux, laquelle préférez-vous ?

— Moi ?

— Franchement !

Roger hésita. Il se demandait s'il pouvait parler en confiance ; mais, avec la fougue de ses vingt-trois ans, et, aussi, vu l'estime qu'il professait pour son camarade, il se décida à répondre.

— En toute sincérité, avoua-t-il, je vous dirai que la blonde Marguerite a, depuis longtemps, éveillé en moi de vifs sentiments.

— Ah !

— Je l'ai connue chez mon oncle, le maréchal de Bellegarde, et je l'ai revue souventes fois à la cour. Mais jusqu'ici, je dois à la vérité de déclarer que la jolie duchesse a paru indifférente...

— Sans doute aime-t-elle son mari ?

— C'est fort possible ; mais cela n'est pas une raison suffisante !

— D'accord ! approuva Roselin. Vous êtes jeune et fort bien fait de votre personne, brillant seigneur, vaillant capitaine, courtisan très haut placé en la faveur du roi, de famille illustre... Que diable ! il n'en faut pas autant pour faire choir la plus rebelle vertu.

Mélancoliquement, Bellegarde déclara :

— Et cependant, mon ami, je n'ai encore rien obtenu de Marguerite...

Puis, comme si une pensée soudaine eût traversé son esprit, il questionna :

— Mais, vous-même, Givry, entre nous, laquelle préférez-vous de ces deux beautés divines ?

— Ma foi, je balance encore... Vraiment !... Toutes deux me paraissent également séduisantes.

— Il m'avait paru que vous regardiez souvent, tout à l'heure, et avec un vif intérêt, la jolie duchesse...

— Oui, mais j'admirais tout autant son amie... Seulement, vous, amoureux de la blonde, vous n'avez remarqué que mes regards pour elle.

A ce moment, la porte d'entrée grinça sur ses gonds et une silhouette apparut.

— La Varenne !... enfin !...

— Nous aura-t-il trouvé un logis pour cette nuit ?...

Et les deux gentilshommes se précipitèrent vers Guillaume, comme vers un sauveur.

III

SOUS LES FENÊTRES D'UNE BLONDE

La Varenne revenait un peu rasséréné. Il avait découvert une sorte de grange, fort bien close et très propre, vide, dans laquelle la brave femme à qui elle appartenait avait consenti à mettre des matelas et des couvertures.

— Pour cette nuit, nous nous en contenterons, dit Guillaume à ses compagnons. Demain, nous chercherons autre chose, voilà tout !... Venez !

Les deux gentilshommes suivirent La Varenne, mais avant de s'éloigner, ils jetèrent un furtif regard sur les fenêtres de la façade. Une seule lueur filtrait à travers les jalousies.

— Est-ce loin, cette grange ? demanda Bellegarde.

— Non pas, tout près... La propriétaire est une veuve quadragénaire qui continue à gérer le commerce de pelleterie de son mari.

En effet, au bout de la rue, vers le bord de la rivière, La Varenne entra dans une cour assez vaste, où, tout de suite, une femme parut, une lanterne à la main.

— Messieurs, dit-elle, je n'ai mis que deux matelas dans la salle vide, car j'ai là une petite chambre inoccupée où l'un de vous pourra s'installer.

— Fort bien, fit Bel-Cœur... Bellegarde la prendra et je resterai ici avec La Varenne.

En quelques instants, tout redevint calme dans la maison. Les lumières s'éteignirent.

Bellegarde avait rejoint sa petite chambre, Roselin et Guillaume se mettaient au lit, si l'on peut dire, de leur côté.

Bel-Cœur se sentait un peu nerveux et agité.

— Eh bien, demanda-t-il à son ami, que dis-tu de Mmes de Gondi et d'Epernon ?

— Je dis, riposta La Varenne, qu'elles m'ont privé d'au moins deux bonnes heures de sommeil et qu'elles sont arrivées bien inopportunément... Voilà ce que je dis !

Et Guillaume s'étendit sur son matelas, avec un soupir.

— Elles sont charmantes, n'est-ce pas ? fit Roselin.

— Oui !... fit La Varenne dans un long bâillement.

Roselin se débarrassait de son pourpoint avec lenteur ; et, songeur, il continua :

— Je crois, décidément, que la blonde Marguerite m'attire davantage !

Avec un grognement de sanglier, Guillaume marmonna :

— Toujours est-il qu'elle te regardait avec assez de complaisance, mordieu !

— Vraiment ? fit Bel-Cœur, dont la voix frémit.

— Dame ! Elle semblait ne point voir les œillades brûlantes, langoureuses ou désolées de ce pauvre Bellegarde, et n'avait d'yeux que pour toi.

— Par exemple ! s'exclama Roselin, empli d'un trouble subit. Es-tu sûr ? Je n'ai pas remarqué, moi !

— Parbleu ! Tu portais tes regards de l'une à l'autre, et c'est à la dérobée que la jolie d'Epernon te toisait.

Il bâilla encore.

Le capitaine Bel-Cœur se sentait chaviré par ces paroles, qui distillaient en lui un philtre d'amour.

Il demeura muet, méditant.

— Allons ! bonne nuit !... fit Guillaume, bourru.

Et il se tourna le nez au mur.

Roselin s'arrêta de dénouer les aiguillettes de son costume.

— Quel effet te fait-elle ? demanda-t-il encore.

La Varenne bougonna, presque assoupi, la voix pâteuse :

— Je m'en moque !... Bonsoir !

Givry hocha la tête et se remit à défaire son pourpoint silencieusement.

La Varenne, immobile, paraissait déjà endormi.

— Guillaume !... appela Bel-Cœur tout bas.

Pas de réponse.

— Guillaume ! répéta Roselin, un peu plus haut.

Un grognement lui répondit.

Givry s'en contenta comme d'une réponse claire.

— J'ai envie d'aller faire un tour là-bas... dit-il.

La Varenne se détourna à demi et s'emporta, cette fois.

— Ah çà ! vas-tu me laisser en paix avec cette duchesse que le diable emporte !... Va où tu voudras !

Et, roulant des jurons incohérents, il reprit sa position contre la muraille...

Bel-Cœur demeura perplexe.

Sa main tourmentait les aiguillettes qu'elle dénouait et renouait tour à tour...

Puis, soudain, il se décida...

Il agrafa rapidement son pourpoint, prit sa toque et s'en coiffa, ajusta son baudrier, consolida son épée et ouvrit la porte sans que La Varenne parût se rendre compte de ce manège insolite.

Cependant, sitôt la porte refermée, Guillaume remua sur sa paillasse et murmura d'un ton furieux et méprisant à la fois :

— Il y est allé !... Ah ! il est possédé, vraiment !

Une minute plus tard, il ronflait comme un tuyau d'orgue.

. . . .

Givry s'était glissé dehors et, dans la nuit tiède, se dirigeait vivement vers le logis de Catherine de Gondi et de Marguerite d'Epernon.

La rivière, qu'il longeait, reflétait dans ses eaux scintillantes les étoiles clignotant au firmament. Une brise douce faisait bruire les peupliers de la berge.

Un frisson voluptueux parcourut le corps de Roselin.

Cette nuit sereine et chaude, toute chargée des senteurs fortes de l'été et des effluves troublants des fleurs, émouvait l'âme ardente du jeune homme.

La belle nuit d'amour !

Il arrivait devant la petite maison...

Doucement, il poussa la porte qu'il s'étonna de trouver assez largement entr'ouverte...

Le jardin se dressait dans la nuit, avec ses arbres sombres et frémissants, ses massifs de roses qui mettaient des taches claires dans les ténèbres.

Roselin, à pas hâtifs, suivit l'allée principale, aperçut bientôt la façade qui s'érigeait blanchissante, barrant l'obscurité...

Il regarda les fenêtres. Les jalousies, baissées, étaient aveugles...

Il tâcha de reconnaître la croisée de la duchesse et se rappela que la chambre était sise à l'angle de droite, avec deux ouvertures à chaque face.

L'habitude des reconnaissances de guerre est utile en d'autres occasions...

Il marcha donc vers le coin dextre du logis.

A ce moment, un grincement de gravier fit tressaillir le capitaine...

— Il y a quelqu'un près d'ici !... se dit-il...

Rapidement, il tourna l'angle de la façade.

Aussitôt, dans l'ombre de la muraille, il distingua une forme sombre et mouvante.

— Holà !... fit-il à demi-voix... Qui va là ?

— Qui vive vous-même ?... répondit-on, d'un ton peu amène.

Bel-Cœur sursauta.

Il venait de reconnaître la voix de Bellegarde.

D'ailleurs, les deux hommes s'étaient vivement avancés l'un vers l'autre et se trouvaient à présent assez près pour se reconnaître.

— Givry ! fit Bellegarde, surpris... Vous ici ?

— Je vous avais deviné ! dit Roselin mi-riant, mi-fâché...

Bellegarde qui semblait, lui aussi, moitié égayé, et moitié mécontent de l'aventure, répondit à voix basse :

— Ah çà !... il paraît que vous êtes fixé maintenant, mon cher baron ?

— Sur quoi donc ?... questionna innocemment Bel-Cœur.

— Mais... sur vos préférences !...

— Comment ?...

— Tout à l'heure, à mon interrogation, vous avez répondu que vous hésitiez entre la brune ou la blonde... Mais votre présence sous cette fenêtre, en ce moment, me prouve que la blonde l'a emporté !

Ne sachant trop que dire, Roselin murmura :

— Ah !... c'est la fenêtre de Mme d'Epernon ?

— Juste !... et vous voici donc allant sur mes brisées !... C'est fâcheux !...

— Ha ! fit Bel-Cœur plaisamment, je vois que cela n'a d'inconvénient ni pour l'un ni pour l'autre de nous... ou plutôt en a pour tous les deux !... Car, mon ami, la duchesse me paraît bien indifférente à nos hommages... nocturnes !...

— Elle dort, parbleu ! grommela Bellegarde, comme un chien auquel on arracherait un os.

— Eh oui ! ce qui prouve, mon ami, qu'elle ne pense point à nous... ni à l'amour ! Ce doit être une femme fidèle à son mari.

— Jusques à quand ? fit railleusement Bellegarde...

— Et c'est pour cela, sans doute, que vous êtes là, attendant l'occasion propice !...

— Comme vous, ma foi ! riposta Roger un peu piqué de la raillerie du capitaine...

Ils firent quelques pas ensemble, le long du mur...

— Au fond, avoua Bellegarde, comme nos chances sont égales...

— Je vous vois venir, coupa Roselin en riant. Vous allez me proposer de jouer Mme d'Epernon, à croix ou face... ou aux dés... comme les chambres de ce logis, ce soir !...

— Et pourquoi non ? adhéra sérieusement Bellegarde.

— Mais parce que nous ne pouvons disposer de ce qui ne nous appartient pas, mon ami !

Ils continuèrent, sans mot dire, leur promenade côte à côte.

— Je crois qu'il serait plus sage de réintégrer notre demeure... proposa à la fin Roger de Bellegarde... A quoi bon prolonger jusqu'à l'aurore cette vaine station ?...

— Le fait est... soupira Givry... Partons !...

Tous deux se dirigèrent vers la porte, gagnèrent la rue et reprirent le chemin de la maison de la veuve.

Dans la cour, ils se séparèrent.

Roselin regagna la grange où La Varenne dormait, maintenant, comme une souche, et qui n'entendit point rentrer son compagnon.

Mais Bel-Cœur, lui, ne se sentait nulle envie de dormir. Sa nervosité avait augmenté encore.

Il jeta sa toque sur le matelas et alla vers la fenêtre qu'il ouvrit sans bruit.

Cette fenêtre donnait sur la cour.

A l'instant où Roselin allait pencher son front pour aspirer la brise fraîche de la nuit, il entendit, au-dessous, un pas furtif, glissant sur les pavés.

Il regarda en se dissimulant derrière un des volets.

Une silhouette se distinguait nettement, qui marchait vers la porte avec hâte, sur la pointe des pieds.

— Hein ?... Bellegarde !... murmura le capitaine, ahuri... Parbleu !... il y retourne !...

Bel-Cœur fronça les sourcils. Une subite jalousie le pinça.

— Il faut que je sache !... Au moins, je ne risquerai point de commettre un impair en m'attaquant à une place prise.

Et, saisissant encore une fois son toquet et son épée, Bel-Cœur sortit derechef de la chambre, sans que La Varenne se fût réveillé.

Le capitaine reprit le chemin de la berge.

Comme tout à l'heure, la grille d'entrée était entre-bâillée, et Roselin pénétra dans le jardin en se dissimulant, soigneusement, cette fois, dans l'ombre épaisse des massifs, ayant soin de marcher dans les plates-bandes pour ne point faire crier les graviers sous ses pas.

Il atteignit la maison.

Un geste de surprise.

La fenêtre de Mme d'Epernon laissait filtrer, à travers les lattes de la persienne, une lueur douce, rosée, qui s'inscrivait dans la nuit.

— C'est cela ! bougonna Bel-Cœur, elle attendait Bellegarde... Ils sont ensemble... Eh bien ! il n'a pas perdu de temps !

Il éprouvait, à cette pensée, une assez vive déception et une légère souffrance...

En vain, tournant l'angle de la maison, chercha-t-il Roger...

Invisible !...

Et Roselin, convaincu complètement, désormais, murmura un peu dépité :

— Allons !... il a de la chance, le gaillard !

Il s'éloignait, revenant vers la grille..

Soudain, un bruit de voix frappa ses oreilles.

Un timbre aigu, une parole assurée... et une voix plus sourde, plus mâle, presque implorante qui répondait...

— Tiens ! tiens !... fit Givry... se disputeraient-ils ?

Il écouta.

Au vrai, on eût dit une explication un peu vive, une discussion où la voix de la femme dominait, de plus en plus impérieuse...

Bel-Cœur, sentant croître sa curiosité, se dépitait de ne rien comprendre.

Alors, il se décida, — malgré la témérité de cet acte, — à entrer dans la maison...

Se glissant dans le vestibule, il leva la tête vers l'escalier, prêtant l'oreille, attentif...

A présent, le bruit de la conversation lui parvenait plus distinctement. On eût dit qu'elle se tenait sur le palier.

— Je vous en prie, Marguerite !...

C'était la voix de Bellegarde...

— Pour la dernière fois, je vous somme de vous retirer, monsieur ! répondit la duchesse d'un ton frémissant de colère.

Roselin en savait assez. Ces paroles

lui prouvaient que la duchesse d'Epernon n'était en rien consentante et que Roger cédant à une impulsion indigne d'un gentilhomme, avait cru pouvoir obtenir par surprise les faveurs de celle qu'il poursuivait.

— C'est donc pour cela qu'il m'éloignait d'ici ! se dit Givry... Infamie ! Il a compté sans son hôte !...

Et, escaladant les marches quatre à quatre, le capitaine se précipita dans l'escalier.

Il eut le temps d'apercevoir Mme d'Epernon, toute blanche dans son vêtement de nuit, qui maintenant solidement le battant, tandis que Bellegarde, ayant passé son pied dans l'entre-bâillement, essayait d'entrer...

A la vue de Bel-Cœur, Roger poussa une exclamation de rage, cependant que la duchesse jetait un cri de joyeuse surprise :

— Ah ! monsieur de Givry ! fit-elle haletante... Vous arrivez opportunément. Veuillez me délivrer des instances offensantes de M. de Bellegarde qui me paraît obéir à quelque soudaine démence !...

L'autre, furieux et dépité, se tourna vers Givry :

— Vous m'épiez donc, monsieur ?

— Fi ! monsieur, quel vilain terme ! C'est le hasard qui m'a conduit ici, et je l'en remercie, d'ailleurs !...

— Peut-être avez-vous tort de le remercier, car il vous vaudra demain un joli coup d'épée... J'espère que vous consentirez à le recevoir de moi ?

— Assurément, monsieur !... répondit Givry, narquois... Et je suis tout décidé à vous le rendre, même, pour que la leçon serve davantage !

Bellegarde eut une lueur fauve dans le regard. Il sembla sur le point de se jeter sur le capitaine.

Mais l'attitude calme et ferme de ce dernier le fit se contenir.

Grinçant des dents, ricanant et pâle, il descendit vers l'escalier en jetant :

— Je vous cède la place, monsieur !... Aussi bien vous dois-je quelque compensation avant de vous occire !

Roselin eut un mouvement pour courir à Bellegarde.

Mais la main de la duchesse d'Epernon saisit son poignet et le retint par une douce pression.

— Laissez, monsieur de Givry !... murmura-t-elle. De telles injures ne m'atteignent point, ne sauraient me toucher !...

Bellegarde avait disparu...

On entendait ses pas décroître, rapides, sur les degrés et dans le vestibule.

La porte d'entrée claqua, brutalement refermée par le gentilhomme furibond.

Roselin restait seul avec Margueritte.

Il la regardait, toute émue, délicieuse dans son vêtement blanc.

Le sein de la jeune femme apparaissait, rosé, nacré, palpitant d'émoi.

Un vertige fit chanceler Bel-Cœur.

A ce moment, il excusa Bellegarde et la folie de sa tentative...

Certes, cette exquise créature était capable d'affoler de passion un être jeune et ardent, et de le pousser, dès lors, à oublier tout esprit chevaleresque, tout sentiment noble et loyal...

Mais la voix de la duchesse prononçait doucement, avec un trouble étrange :

— Monsieur... mille mercis, encore, pour votre généreuse intervention !... Je ne l'oublierai jamais !... Et, pour que vous vous en souveniez vous-même, tenez, veuillez garder cette bague à mes armes... Le duc d'Epernon, lorsque je lui conterai cette aventure, m'approuvera, j'en suis certaine.

— Madame... balbutia Bel-Cœur, j'accepte votre présent, non pour me rappeler une action toute simple et toute naturelle... mais en souvenir de vous...

De la main, Marguerite d'Epernon fit un geste gracieux, tandis qu'un sourire exquis fleurissait ses lèvres.

— Au revoir, monsieur...

Elle referma la porte de sa chambre.

Quelques secondes, Roselin demeura immobile devant ce panneau de chêne massif.

Elle était de l'autre côté, la délicieuse jeune femme... si proche... et si lointaine !...

Les yeux encore éblouis par la radieuse vision, le cœur battant, les oreilles bruissantes, Givry poussa un soupir de regret.

Et, lentement, il s'éloigna...

Mais, brusquement, comme il allait atteindre l'escalier, une porte s'ouvrit, très vite et, dans l'ombre chaude du seuil, une forme apparut qui agrippa le bras de Roselin et murmura d'une voix embrasée :

— Venez !...

Catherine de Gondi !...

Eperdu, Givry se laissa faire...

IV

LA RENCONTRE INTERROMPUE

Roselin, accompagné de son camarade Hervé de Pontréals et de La Varenne arriva de bonne heure au lieu fixé pour le duel avec Bellegarde.

— Personne encore ! remarqua Hervé.

— Tant mieux !... Je préfère être le premier rendu, déclara Roselin.

— Comment te sens-tu ? demanda Guillaume.

— Fort bien !... Pourquoi cette question ?

La Varenne sourit narquoisement.

— Dam ! après une nuit aussi agitée !...

Givry murmura, malicieux :

— Prends garde, La Varenne !... Je vais te croire envieux ou jaloux...

— Ni l'un, ni l'autre, sur mon âme ! s'exclama Guillaume. Je ne donnerais point ma nuit pour la tienne. J'ai délicieusement dormi...

— Et moi... divinement veillé ! riposta Givry.

Pontréals prononça :

— Hum !... tu risques de la payer cher, ta veille divine... Tu sais que Bellegarde est très fort et très adroit ?

— Possible !... Moi, je suis en excellent état, je vous assure, et très capable de tenir tête à mon adversaire.

— Le voici !... signala La Varenne.

En effet, au tournant du chemin, trois gentilshommes apparaissaient.

Roger de Bellegarde arrivait, accompagné de M. de Nangis et de Louis de Gonzague, duc de Nevers, ses témoins.

L'endroit était merveilleusement choisi pour la rencontre.

C'était, derrière les hauts murs du parc du couvent des Carmélites de Pontoise, une sorte de pré désert et ombragé.

Autour, la campagne riante et verte ; au fond, la lisière d'un bois...

La matinée s'annonçait tiède et radieuse.

Bel-Cœur éprouvait avec intensité la joie de se sentir jeune, fort, souple, bien en vie...

Et il allait insoucieusement se mesurer avec Bellegarde à qui, en somme, il ne vouait aucune animosité...

Ainsi l'exigeait le point d'honneur ! — qu'il ne faut pas toujours confondre avec l'honneur.

Les trois gentilshommes étaient arrivés auprès de Roselin et de ses amis.

Très pâle, Bellegarde se détacha en avant de ses compagnons, salua avec noblesse et dit, d'un ton qui tremblait un peu :

— Monsieur de Givry, je viens vous déclarer spontanément que j'ai réfléchi, depuis cette nuit, et je regrette profondément...

Bel-Cœur fronça les sourcils, surpris de ce singulier exorde.

Bellegarde comprit la pensée de Roselin.

Vivement, les pommettes soudain empourprées, il reprit :

— Non !... ne croyez point que je veuille me dérober à la réparation que je vous dois... Nous nous battrons, monsieur.

— Ah ! fort bien !

— Seulement, poursuivit Roger, je tiens fort à votre estime, Givry... et je voudrais vous prier de ne point me la retirer, de ne pas me mal juger après les déplorables événements de cette nuit qui vous ont donné le droit de me mépriser...

Bel-Cœur comprit mieux alors quel mobile délicat guidait le gentilhomme et lui inspirait de telles paroles.

Touché par cette franchise, il répondit, gravement en s'inclinant :

— Ma présence ici, monsieur de Bellegarde, vous prouvera mieux que toutes les assurances, que je ne vous méprise point... Je n'aurais jamais consenti à croiser le fer avec quelqu'un que je jugerais indigne.

— Merci, monsieur ! articula Bellegarde.

Et, rejoignant ses témoins, il se prépara.

Roselin, de son côté, dégainait et se postait, tendant et détendant ses jarrets pour en éprouver la souplesse, appuyant la pointe de son épée contre un arbre pour en vérifier sa flexibilité.

Les deux adversaires face à face, sitôt les fers engagés, on vit bien que tous deux allèrent faire plutôt un assaut d'escrime qu'un duel acharné...

Cela se remarquait à leur jeu mesuré, froid, méthodique, où ils semblaient refréner leurs élans, contenir leur ardeur.

Cependant, l'un comme l'autre cherchait à toucher son adversaire et, sinon à le tuer, du moins à le mettre hors de combat.

Et, entre ces deux tireurs habiles, la joute était des plus intéressantes.

Pontréals, qui connaissait à merveille la manière foudroyante du capitaine, s'étonna de lui trouver quelque lenteur.

Deux parades de Bellegarde auraient dû amener une riposte presque fatale. Contre l'attente de ses amis, il ne la porta point.

Et, d'autre part, les bottes de Bellegarde semblaient contraintes et contenues.

Pourtant, après un liement d'épée, Givry atteignit Roger à l'épaule.

Le combat, alors, parut s'animer.

A présent, les deux adversaires étaient pris eux-mêmes à leur propre jeu. La griserie du duel les envahissait.

Le contact de leurs fers, les feintes, les battements, les doublés et les contres les empoignaient presque inconsciemment, et leur tactique d'armes devenait plus précipitée, plus hardie.

— Tiens ! murmura Hervé, on dirait que Roselin se réveille !...

Les épées s'entrechoquaient, alertes, fuyantes, menaçantes.

A son tour, Givry fut piqué au poignet.

Les deux adversaires en arrivaient à se battre vraiment, sans plus songer à se ménager ni à s'épargner.

La Varenne et Pontréals demeuraient graves.

Le duc de Nevers et M. de Nangis paraissaient plus anxieux.

Brusquement, sur la droite, à l'angle du mur conventuel, des cris s'élevèrent :

— Arrêtez !... au nom du roi !...

Et un cavalier, essoufflé, accourut vers les deux combattants.

C'était M. d'Angennes, officier de la maison du Valois et fort connu des six gentilshommes qui se trouvaient là.

M. d'Angennes arrêta son cheval juste au milieu des antagonistes, la poitrine de la bête formant un bouclier vivant entre leurs fers.

— Malepeste !... fit l'officier, haletant, je vois que j'arrive à temps !

Et il ajouta, sans leur laisser le temps de placer une parole :

— D'ordre de Sa Majesté, monsieur de Givry, je viens vous quérir sur-le-champ, pour vous mener auprès d'Elle.

— Vous tombez mal, monsieur ! fit railleusement Roger.

— Ah ! monsieur de Bellegarde ! s'exclama l'officier, je crois que vous êtes assez bon serviteur du roi pour ne pas vous opposer à l'accomplissement de ses volontés.

— En ce cas, monsieur de Givry est libre de se rendre à l'appel de Sa Majesté... et en ce qui me concerne, je me déclare prêt à remettre à plus tard...

— Recommencer de vous battre ? interrompit d'Angennes... Vous n'y pensez pas, messieurs ? Se couper la gorge devant l'ennemi !

« ... Messieurs, vous étiez amis hier ; vous n'avez pu vous offenser au point de songer à vous entre-tuer ?... Allons ! serrez-vous la main bien vite !... termina chaleureusement M. d'Angennes... Dépêchons, messieurs ! le roi attend !...

Bon gré, mal gré, il pousse l'un vers l'autre les deux aversaires qui, à la fin, se tendirent la main...

— Bravo ! s'écria d'Angennes. Et maintenant, capitaine de Givry, en route, s'il vous plaît !...

Au même instant, une exclamation retentit derrière Bel-Cœur.

Pontréals, pâle d'émotion, les yeux fixés sur les arbres du parc, semblait médusé.

— Qu'est-ce donc ? demanda Roselin, tout en remettant sa lame au fourreau.

— Là !... elle ! elle ! fit Hervé.

— Qui donc ?...

— Violaine !... murmura Pontréals... Violaine de Mauvilliers ! (1).

— Où cela ?... questionna Givry, lui-même atteint par l'émoi de son ami.

— Là, te dis-je !... à une fenêtre... celle-ci... que l'on aperçoit entre ces deux arbres... Ah ! elle n'y est plus !...

— Mais !... c'est le couvent des Carmélites.

— Je le sais bien !... Mon Dieu ! elle serait donc dans ce cloître ?...

— Voyons ! êtes-vous sûr de ne pas vous être trompé ? demanda La Varenne.

— Ah !... je l'ai bien reconnue !... s'exclama Hervé. C'est elle, à n'en pas douter ! C'est elle !

— Monsieur de Givry, venez-vous ? fit d'Angennes.

— Voilà ! je suis à vous, répondit Roselin.

Et, à Pontréals, très vite :

— Ami ! aie confiance et espoir... mais calme-toi... Mets-toi en quête sur-le-champ... avec La Varenne... Quant à moi, sitôt libre, je vous rejoindrai et vous aiderai dans vos recherches.

Et, regagnant son cheval que son écuyer Sulpice tenait en bride derrière l'angle du mur, Bel-Cœur se mit en selle et se laissa conduire par l'officier de la maison du roi.

V

INQUIÉTUDES ROYALES

Lorsqu'il arriva auprès de Henri III, il trouva une sorte de conseil qui agitait de graves questions.

Le Béarnais avait fait mander Givry parce qu'il avait confiance en l'adresse courageuse de Bel-Cœur et en son inlassable dévouement. Plusieurs fois déjà, il avait eu recours à lui dans des circonstances difficiles ; et son fidèle Givry l'avait toujours servi avec honneur et profit (1).

Un cas inopiné se présentait, qui nécessitait un bras vaillant et une tête riche en ressources.

Et c'était pour le service du roi de France.

Henri de Navarre mit Roselin au courant de ce qu'on attendait de lui.

Le pape venait de lancer un monitoire affiché aux portes des cathédrales de Poitiers, Chartres, Agen, Meaux, Le Mans et Orléans, et par lequel il ordonnait au roi de France de remettre sur-le-

____

(1) *Voir le* Capitaine Bel-Cœur. *Vol. I.*

(1) *Voir le* Capitaine Bel-Cœur, *vol. 1, 2 et 3.* La Lionne d'Amour, La Belle Argentière.

champ en liberté le cardinal de Bourbon et l'archevêque de Lyon, emprisonnés depuis plusieurs mois.

Faute de se soumettre, le Saint-Père menaçait Henri III d'excommunication majeure à cause de son alliance actuelle avec le chef du parti protestant, Henri de Navarre...

Le Valois était consterné.

Nul doute qu'à cette heure, il ne regrettât, pauvre esprit pusillanime, d'avoir lié partie avec le Béarnais, d'avoir adopté son écharpe blanche.

Henri III était, certes, fort loin de la simple croyance et de la dévotion ; mais, faible, timoré, superstitieux, il s'imaginait que l'excommunication lui porterait malheur, et il s'affectait beaucoup, par avance, de la menace pontificale.

C'est que le Vatican était une terrible puissance devant laquelle tremblaient les sceptres et les couronnes !

Givry réfléchit...

Les deux prélats visés avaient été arrêtés après le meurtre du duc de Guise.

Le pape agissait donc, évidemment, poussé par la Ligue et, aussi, par le roi d'Espagne, ce farouche défenseur de la foi catholique, le Philippe II de l' « Armada » (1)...

— Eh bien, Givry, qu'en penses-tu ? demanda Henri de Navarre après lui avoir fait lire le monitoire, superbement copié sur parchemin.

Bel-Cœur regarda son maître.

Il lui vit sa mine goguenarde des bons jours, cette mine qu'il connaissait si bien ; et il se dit que le Béarnais n'était nullement ému de la menace qui pesait sur le Valois.

— Sire, répondit Roselin, je pense que Votre Majesté est précisément, en cette occurrence, à même de donner au roi de France les plus précieux conseils, puisqu'Elle-même, jadis, eut avec le Saint-Père des démêlés d'où Elle sortit triomphante !...

Les lèvres de Henri de Navarre s'entr'ouvrirent pour un sourire de belle humeur.

Il se rappelait à quels faits le capitaine faisait allusion...

L'expédition de Givry à Rome... la réponse du roi de Navarre placardée sur la porte de bronze du Vatican !... (1)

Cela était loin déjà...

Quatre années bientôt !

Mais les souvenirs en restaient nets et précis à la mémoire de Bel-Cœur.

Et, tandis qu'il se laissait inconsciemment aller au rappel de ces heures à la fois douces et dramatiques, le Béarnais disait à Henri III, d'un ton léger :

— Allons ! sire, ne vous émouvez point ! Il ne faut rien prendre au tragique... surtout en ce qui concerne vos relations avec le Très-Saint-Père !...

— Ah ! rétorqua le Valois, cela vous plaît à dire, Henri !... Vous en parlez à votre aise, vous qui n'avez rien à redouter de l'excommunication du pape, puis-vous êtes prince protestant !

— Aussi, chez sire, n'est-ce point la manière dont j'ai pu agir avec le Pontife que je donnerai en exemple à Votre Majesté.

« ... J'irai chercher vos précédents dans un de vos prédécesseurs sur le trône de France...

— Et qui donc ? fit Henri III vivement.

— Votre bien-aimé frère Charles, le roi très-chrétien, qui donna, cependant, à la religion catholique des preuves non douteuses de sa foi et de son attachement.

A cette allusion à la Saint-Barthélemy, le Valois parut embarrassé et dit, étonné :

— Que fit-il ?...

— Rappelez-vous que le Saint-Père avait refusé à Mme Marguerite de devenir l'épouse du roi de Navarre...

— Oui !... avoua Henri III... je me souviens, Henriot ! Margot en fut désolée et vous-même, fort amoureux de ma jolie sœur, étiez consterné de stupeur...

— En effet ! et c'est alors que le roi Charles IX, ému par notre chagrin, s'écria avec les jurements habituels que lui avait appris M. le maréchal de Retz :

« Je prendrai moi-même Margot par la « main et la mènerai épouser en plein « prêche, malgré la volonté du pape ! »

— C'est vrai ! murmura le Valois... Et le pape finit par consentir à ce mariage.

— Mieux même ! reprit Navarre. L'union fut célébrée devant le portail de

____

(1) *Voir le* Capitaine **Bel-Cœur**, *3ᵉ vol.* : La Belle **Argentière**.

____

(1) *Voir le* **Capitaine Bel-Cœur**, *1ᵉʳ vol.*

l'église Notre-Dame par le cardinal de Bourbon, mon cher oncle... que vous tenez emprisonné présentement...

Et le Béarnais ajouta avec une finesse toute gasconne :

— Ventre-Saint-Gris ! Sire... en raison et mémoire de cette cérémonie, on pourrait aujourd'hui remettre en liberté mon bon oncle le cardinal !

Le roi de France semblait déjà plus rasséréné.

Il demanda gravement :

— Votre avis, en définitive, mon bon frère ?

Henri de Navarre prononça alors avec feu :

— Mon avis, sire, le voici : Vainqueurs, nous aurons l'absolution... Mais si nous sommes battus, serons excommuniés, aggravés et réaggravés !...

Henri III eut un geste de lassitude et de doute :

— Vaincre... oui... tout est là !... mais y parviendrons-nous, mon frère ?...

— Pourquoi non ? fit superbement Navarre.

— Eh !... voyez la situation !... Un peu partout, dans le royaume, des soulèvements se produisent en faveur de la Ligue... Les Ligueurs travaillent âprement et habilement le pays... L'attitude de Paris est ferme, et cette ville appartient à nos ennemis qui la défendent avec énergie contre moi !

— Bah ! fit le Béarnais, nous l'attaquerons avec la même énergie.

— Mais outre Paris... Les Seize... les Quarante... Je viens d'apprendre que le duc de Mayenne a été confirmé par le Parlement dans le titre de lieutenant-général de l'Etat royal et Couronne de France...

— Qu'importe ! Cela ne fait qu'un titre de plus au gros Mayenne.

— Mais c'est très grave ! s'écria Henri III... Cela indique que le trône est considéré comme vacant, que l'on m'ignore !... que le royaume est sans maître reconnu !... Cela ouvre la porte à tous les espoirs et à toutes les intrigues, à toutes les compétitions de mes ennemis !...

— Soyez vainqueur, sire, répéta placidement le Béarnais et tout s'arrangera !... Le trône vacant ?... montrez que vous l'occupez et le tenez solidement !...

Henri III n'osa pas dire tout ce qu'il sentait et redoutait encore...

Il se savait haï par les catholiques exaltés.

Mais il devinait une haine semblable chez les huguenots.

Et il se demandait quel danger était le pire : celui que lui faisaient courir ses ennemis les Ligueurs, ou celui qui surgirait peut-être de ses nouveaux alliés, les protestants.

Le Valois, cependant, ajouta :

— Ce n'est pas tout, mon bon frère... J'appréhende l'intervention de l'Espagne... Depuis longtemps, Philippe II guette, attend, espère !... Si sa décision d'intervenir se manifeste, que deviendrai-je avec ce nouvel adversaire, riche, puissant et tenace sur les bras ?

— Il faut prendre tout de suite les mesures nécessaires, sire ! et agir comme si le roi d'Espagne s'allait sûrement mettre en guerre contre vous...

Et, se retournant vers Givry, le roi de Navarre ajouta :

— Capitaine, Sa Majesté va vous expliquer pour quelle cause vous avez été mandé ici et ce qu'elle attend de vous...

Roselin s'inclina et dit :

— Je suis aux ordres du roi de France !

VI

LA MISSION DE BEL-CŒUR

Henri III fixa sur Bel-Cœur son regard vacillant et commença d'un ton neutre et monocorde :

— Merci, monsieur de Givry... Je sais qui vous êtes et ce que vous avez déjà fait pour moi...

Roselin se mordit la lèvre.

Il se demandait si le Valois ne mettait pas quelque ironie en cette phrase liminaire ?

Ne faisait-il pas allusion à l'incident de Blois ? au départ injurieux de l'ambassadeur du roi de Navarre après l'assassinat du duc de Guise, alors que Henri III attendait le baron de Givry en audience de congé ?

Ne faisait-il pas allusion à la mort de Sarriac et des archers royaux renvoyés pour l'arrêter et tués par Roselin et ses amis ?

Ou bien, Henri III entendait-il seulement rappeler l'aventure de Tours ? la singulière entrevue nocturne de Givry et de la duchesse d'Angoulême, — cette entrevue politico-amoureuse où avaient été jetées les bases de l'alliance des rois de France et de Navarre (1) ?

S'agissait-il simplement des diverses prouesses déjà exécutées par Bel-Cœur au cours des sièges et des combats livrés par Henri III et le Béarnais aux troupes de la Ligue ?

Sans sourciller, Roselin répliqua :

— Votre Majesté est bien bonne de vouloir bien se souvenir de mes humbles services !

Le Valois reprit :

— Mon frère de Navarre m'a vanté votre dévouement et la merveilleuse habileté que vous apportez dans les missions les plus difficiles. C'est une entreprise de ce genre que je vais vous confier aujourd'hui car j'ai besoin d'un homme vaillant et adroit, intelligent et zélé.

Bel-Cœur répondit :

— Je suis prêt, sire... jusqu'à la mort !

Un éclair de satisfaction brilla dans l'œil terne du roi de France.

La voix un peu plus animée, il continua :

— Un de mes meilleurs officiers, M. Nicolas du Harlay de Sancy, s'était offert à aller lever en Suisse des troupes mercenaires qui m'eussent servi pour le cas d'une intervention du roi d'Espagne contre mes armées.

— C'était fort sage... murmura le Béarnais.

— Malheureusement, reprit Henri III, alors que j'espérais beaucoup dans le résultat du voyage de M. du Harlay, un gentilhomme est arrivé, tout à l'heure, m'apportant une lettre de lui... et cette lettre ruine toutes mes espérances.

— Comment cela, sire ? demanda Roselin.

Le roi de France répondit avec une gêne visible :

— Sancy a bien trouvé des hommes prêts à s'enrôler sous mes bannières... Les mercenaires ne manquent pas, en Suisse, et, de tout temps les rois de France y ont recruté de braves et fidèles soldats... M. de Sancy a réuni dix mille

hommes bien choisis et sur lesquels on peut compter... Seulement...

— Seulement ?

— Ces hommes veulent de l'argent !... Ils ne se contentent point de promesses ; et l'armée des mercenaires, toute levée, toute prête, ne quittera Genève que contre versement de cent mille écus d'or !... Sancy me demande l'envoi immédiat de cette somme...

— Cela presse, en effet, fit Givry.

— Certainement, reprit Henri III... Cependant, M. de Sancy, pour donner confiance aux recruteurs et éviter la dispersion de cette armée, me mande qu'il met en gage chez un orfèvre portugais de Genève, nommé Rosario, un diamant fameux, dont il est propriétaire.

— Oui ! le « Sancy », murmura Bel-Cœur... J'ai ouï parler de ce merveilleux joyau !

— Or, poursuivit le Valois, j'ai là les cent mille écus nécessaires... Il me manquait pour les porter à destination un homme de toute confiance et capable de les défendre contre les aléas du voyage... Le roi de Navarre m'a trouvé ce gentilhomme, et je lui demande maintenant s'il veut se charger d'aller remettre la somme convenue entre les mains de M. de Sancy ?

Bel-Cœur déclara vivement, avec l'impétuosité de sa nature :

— Certes, sire ! je consens !... A une condition toutefois...

— Laquelle ? interrogea Henri III, surpris et déjà ombrageux.

— Que Votre Majesté voudra bien me laisser désigner mes compagnons de route.

— C'est très naturel ! s'exclama le roi, rassuré par la modicité de l'exigence. Choisissez vous-même ces gentilshommes et fixez-en le nombre. Je vous laisse toute latitude à cet égard. Combien vous faut-il de seconds ?... Dix, vingt ?...

Roselin sourit :

— Non, sire, prononça-t-il.

— Quarante ?

— Deux suffiront !... Et si Votre Majesté le veut bien, ce sera MM. de Pontréals et de La Varenne, mes amis de toujours.

— Je les connais, s'écria le Valois... mais, deux seulement... en vérité ?...

— Ils en valent cent ! fit le Béarnais

____

(1) *Voir la* **Belle Argentière.**

avec force. Allez, sire, fiez-vous-en à eux pour le résultat de cette mission. Je les ai vus à l'œuvre et sais ce qu'ils sont.

— Soit ! acquiesça Henri III, bien qu'il parût conserver encore quelque hésitation au fond de lui-même.

Evidemment, il trouvait que tenter à trois une pareille entreprise était passablement téméraire ; aussi crut-il devoir prévenir Bel-Cœur :

— Je ne vous cèle point, monsieur de Givry, que vous courez beaucoup de risques et même de graves dangers... Si l'on vous savait porteur d'une telle somme, les Ligueurs, les compagnies de pillards et bandes de malandrins, et même les paysans pressurés et ravagés par la guerre se mettraient à vos trousses pour vous barrer le passage.

— Je me doute de tout cela, sire, déclara Roselin avec un geste d'insouciance... mais que Votre Majesté n'en éprouve aucune inquiétude !

Avec cette espèce de résignation fataliste — ou veule — qui le caractérisait, Henri III laissa tomber :

— Alors, cela va bien !... Faites vos préparatifs, monsieur, et mettez-vous en route dès que vous le pourrez.

— Ce soir même, sire, s'il plaît à Votre Majesté.

— Déjà ?... En ce cas, ce sera parfait, monsieur... La chose risquera moins de s'ébruiter et se fera avec plus de diligence... Je vais donc donner l'ordre de vous compter cent mille écus d'or, soit six cent mille livres. En or, ils seron plus facilement transportables ; et, d'ailleurs, il n'y a que les écus de six livres qui soient acceptés par les mercenaires d'Helvétie.

— Parbleu ! fit le Béarnais en riant, l'or trouve partout visage réjoui et main tendue !

Henri III reprit, gracieux :

— Allez, monsieur Givry... Avertissez vos amis et venez ce soir prendre congé de moi avant de partir, je vous prie.

Et railleur, il ajouta :

— J'espère, cette fois, que vous ne fuirez point mon audience de congé !

En quittant les deux rois, Bel-Cœur s'empressa d'aller à la recherche de Pontréals et de La Varenne.

Il les retrouva à la maison de la veuve, dans la grange que Roselin et Guillaume avaient occupée la nuit

même, de manières si différentes tous deux...

Dès l'entrée, Givry remarqua la tristesse répandue sur le visage de Pontréals.

— Ah ! Roselin, enfin ! s'écria Hervé en se précipitant au-devant du capitaine... Nous t'attendions impatiemment !

— Oui ! ajouta La Varenne, nous avons besoin de tes lumières et de tes services.

— Cela tombe à merveille répondit Bel-Cœur en riant, car, présentement, j'ai, moi aussi, besoin de vous...

— Et pourquoi donc ? fit Hervé, intrigué...

— Parle d'abord... Que désirais-tu de moi ?

Pontréals avoua :

— Depuis deux heures, Guillaume et moi nous nous sommes mis en quête de renseignements au sujet de Violaine... et nous ne sommes pas plus avancés !

— C'était à prévoir, déclara Roselin... Il est assez difficile de percer les mystères des cloîtres... et il te faudra, mon cher Hervé, plus de deux heures, comptes-y, pour obtenir quelque indication.

Hervé murmura :

— J'ai pensé que tu pourrais...

Givry lui frappa sur l'épaule et dit d'un ton affectueux :

— Mon ami, tu as eu raison de croire que je ferai tout pour toi..., en une telle circonstance surtout...

— Ah ! je savais bien !...

— Seulement, mon cher Hervé... tu tombes mal actuellement... très mal... on ne peut plus mal...

— Hein ? comment cela ?

— Nous quittons Pontoise ce soir pour nous rendre tous les trois en Suisse.

La stupeur de Pontréals fut à son comble.

Roselin expliqua le but de leur mission et conta l'entrevue qu'il avait eue avec le Valois et le Béarnais.

Hervé s'écria avec accablement :

— Mais c'est impossible ! Je ne puis partir ainsi maintenant que je suis retenu ici par des raisons aussi sérieuses !

— Ami ! fit doucement Givry, il n'y a pas de raisons sérieuses qui tiennent devant les intérêts majeurs de la France.

Hervé tressaillit, mais se tut. Tête baissée, il paraissait plongé dans des réflexions amères.

— N'empêche, fit La Varenne, c'est dur

pour notre camarade de quitter Pontoise en ce moment !

— Je n'en disconviens pas, reconnut Roselin... Mais à quoi bon discuter, puisque Pontréals a un devoir impérieux à remplir ?

Et, pressant la main d'Hervé, Givry ajouta avec gravité :

— Peut-être, mon ami, as-tu été abusé par une ressemblance...

Hervé secoua la tête.

— Oh ! non... fit-il... C'est elle... J'en suis sûr !

— En ce cas, si Violaine de Mauvilliers est ici, que peux-tu faire pour la retrouver d'abord, ensuite pour approcher d'elle, enfin pour l'enlever du couvent des Carmélites ?

— Je ferai tout !... s'écria Hervé avec une sorte d'emportement.

— Enfant ! dit Roselin... Tu n'ignores pourtant pas combien la règle du Carmel est sévère et terrible ! Tu sais que nul ne doit voir les religieuses de cet ordre ; tu sais que, si Violaine est en ce cloître contre son gré, elle sera gardée soigneusement et que tu échoueras, quoi que tu tentes pour la revoir.

— C'est vrai, fit La Varenne, en hochant la tête.

— D'autre part, continua Bel-Cœur, si elle a pris le voile de son propre mouvement, elle est peut-être perdue davantage encore pour toi, car elle ne voudra point parjurer les serments solennels et sacrés qu'elle aura librement prononcés :

— Oh ! non, s'exclama Pontréals, ce n'est point par sa volonté qu'elle est ici... J'en jurerais !...

— Alors, on la gardera avec d'autant plus de vigilance, et tu ne pourras rien !

Pontréals eut un geste à la fois de désespoir et de colère.

Givry reprit doucement :

— Crois-moi, éloigne-toi de Pontoise et suis-moi en Helvétie... Cela aura d'abord pour résultat d'enlever toute défiance à ceux qui retiennent Violaine en ce cloître. Ils peuvent connaître ta présence ici... savoir déjà que tu l'as aperçue... que tu cherches à la revoir... En restant ici, tu les incites à redoubler de précautions, à se méfier de toi, et, sans doute, à emmener Violaine en un autre lieu, subrepticement, afin qu'elle t'échappe...

— Givry a raison, approuva Guillaume de La Varenne.

Hervé écoutait avec une attention fébrile. Il demanda :

— Et si je m'éloigne ?... Ne sera-ce point pareil ? D'ici mon retour de Suisse, ne saurait-on la cacher ailleurs ?

— Et toi, peux-tu penser que je t'emmènerais si loin sans rien faire pour te donner espoir et confiance ?

— Quoi ? Que veux-tu dire ? questionna Pontréals étonné, ému.

— Je vais parler de cela au roi de Navarre... Il prendra sûrement l'affaire en mains ; mieux que toi, plus que nous trois réunis, même, il est capable de réussir là où nous échouerions. Son nom, son pouvoir obtiendront facilement les renseignements nécessaires, et si Violaine est en ce couvent, il pourra sans doute communiquer avec elle, tout au moins veiller sur elle... Là ! es-tu rassuré, avec le roi dans ton jeu ?

Pontréals jeta une exclamation joyeuse. Il pressa ardemment la main de Bel-Cœur et s'écria, frémissant :

— Oh ! merci, ami !... Oui, tu as raison, comme toujours. Mais crois-tu que le roi de Navarre consentira ?

— Ne crains rien ! assura Givry. Il agira comme je le lui demanderai... Commençons donc nos préparatifs, et que tout soit terminé pour nous mettre en route à la tombée du jour.

. . . .

Vers sept heures, le même soir, la petite troupe se mettait en marche.

Outre Roselin, ses amis et les écuyers, elle comprenait le loquace maître d'armes provençal La Guibolle et son inséparable compagnon, l'Alsacien Franc-Castor. Si l'écrivain espagnol don Miguel de Cervantes qui écrivait alors l'immortel *Don Quichotte de la Manche* avait connu ces deux types, on pourrait croire qu'il les avait pris pour les modèles du chevalier et de Sancho Pança, car autant l'homme du Rhône était long et maigre, autant l'homme du Rhin était gros et court.

Dans les fontes de leur selle, les écuyers portaient les cent mille écus d'or destinés à M. de Sancy, et Pontréals était tout spécialement chargé de veiller sur ce trésor, dont il avait la garde.

Hervé partait plein d'espoir.

La Varenne chevauchait, insoucieux.

Et Bel-Cœur, déjà, pensait à de nouvelles aventures !

DEUXIÈME PARTIE

OLIVIA LA BRUNE

I

Pos tenebras, Lux...
Après les ténèbres, la lumière !
La devise de Genève, la ville calviniste, tout entière acquise dès la première heure aux doctrines nouvelles et hardies de la Réforme...
Bel-Cœur et ses amis admirèrent le magnifique aspect de cette cité riche et laborieuse, assise aux rives du lac Léman, dans un site admirable et pittoresque.
Mais ils eurent l'impression, en coudoyant les Genevois, de gens d'autres temps ou d'autres mœurs que les Français.
L'aspect grave, sévère, méditatif des bourgeois et des bourgeoises de la ville contrastait avec l'extérieur affable et frivole de ceux de Paris et des grosses villes de France.
— Par la barbe du Pape ! souffla La Guibolle à l'oreille de Franc-Castor, ces gens-là me donnent froid rien qu'à les regarder ! Et Genève, té ! ne vaut pas Marseille.
— Ni Strasbourg ! fit mélancoliquement l'Alsacien. Je crois que nous ne nous amuserons pas beaucoup ici, *tartcifel !*
— Voire ! intervint Sulpice qui avait entendu... Il ne faut point se fier aux apparences, et j'ai ouï dire que les Suisses étaient fort amis de la bonne chère, des rires et des danses !
— En ce cas, cela me raccommode avec eux, déclara Babylas qui, lui aussi, avait fait la moue tout d'abord.
Les trois gentilshommes, eux, avaient eu d'autres préoccupations.

Avant tout, il s'agissait de voir au plus tôt Nicolas de Harlay de Sancy et de lui remettre les cent mille écus d'or.

Ils se renseignèrent.

On leur indiqua l'Hôtel de Ville.

C'était un monument battant neuf, car il n'était construit que depuis une vingtaine d'années, qui se dressait sur son esplanade, majestueux et splendide comme un palais.

Et c'en était un, en somme.

Le palais du peuple, des franchises communales si précieuses aux Suisses farouchement indépendants et fiers de leur liberté.

Roselin et ses amis entrèrent à l'Hôtel de Ville.

Déception. On leur dit que M. de Sancy avait quitté Genève la veille même.

— Sait-on pour quelle destination ? s'enquit Roselin, étonné.

Le secrétaire d'échevin qui le renseignait déclara :

— Non, monsieur... M. de Sancy a été la victime d'une affaire fort ennuyeuse et encore assez obscure qui motive sans doute son absence.

— Laquelle donc ? demanda Givry, de plus en plus stupéfait.

— M. de Sancy possédait un diamant du plus haut prix...

— Eh bien ?

— Il avait confié à un serviteur fidèle et dévoué, nommé Roland, ce diamant qui devait répondre d'une grosse somme à payer aux mercenaires enrôlés pour le roi de France.

— Après ?

— Or, ce Roland, chargé d'aller porter le joyau à l'orfèvre portugais Rosario, a disparu mystérieusement avec le joyau.

Bel-Cœur et ses amis se récrièrent, frappés de stupeur.

Le secrétaire continua :

— Aussi, M. de Sancy est-il parti dès qu'il fût avisé de cette disparition, et je ne sais où il a pu commencer ses recherches.

— Diable ! murmura Bel-Cœur, décontenancé.

— Cependant, reprit le Genevois, vous pourrez peut-être avoir quelques indications en vous adressant au camp des mercenaires ? M. de Sancy a sans doute laissé là des instructions.

— Où se trouve ce camp ?

— A l'extérieur de la ville, sur les bords du lac, à l'ouest de Genève.

— Allons-y, dit Roselin !

Il leur fallut traverser la moitié de la ville et des faubourgs, et ils purent se rendre compte de l'activité et de l'ardeur industrieuse des Genévois.

— On travaille ici, remarqua La Varenne... Ce peuple ne songe point à s'entretuer comme ses voisins, et loin de ruiner le pays, de le dépeupler par la guerre civile, il l'enrichit et le rend prospère !

— Ah ! approuva Bel-Cœur, la France devrait bien prendre exemple sur cette petite nation !

Ils arrivaient au camp des Suisses.

Dressé sur la rive gauche du Léman, il apparaissait, au moment où les trois gentilshommes y entrèrent, tout bourdonnant de mille rumeurs et agité par un bouleversement insolite.

Les mercenaires étaient rassemblés au milieu du camp, gesticulant, criaillant et se bousculant, tandis que plusieurs soldats, juchés çà et là sur des chevaux, péroraient avec animation.

On ne fit point attention aux nouveaux venus qui purent s'approcher du groupe le plus important.

Ils écoutaient l'orateur qui semblait jouir de la confiance de ses auditeurs et récoltait de fréquents bravos.

C'était un homme assez grand, mince et souple, qui donnait l'impression d'un reptile avec ses mouvements onduleux.

Sa mine accentuait encore cette impression, car l'homme avait les yeux gris vert, petits, doués d'une sorte de fixité glacée.

Le poil noir, le teint basané, les lèvres pincées, l'orateur parlait d'une voix cauteleuse et molle qui déplut à Roselin de Givry.

— Hum ! ce gaillard ne me revient pas, murmura-t-il à l'oreille de Pontréals. Ecoutons ce qu'il dit.

Il perçut des bribes de phrases, des mots violents, des intonations insinuantes, et comprit le sens du discours.

Cet homme assurait les mercenaires qu'on les trompait, que M. de Sancy avait fait des promesses qu'il ne tiendrait point et qu'en les immobilisant avec des prétextes fallacieux et des assurances mensongères, on avait pour but d'empêcher qu'ils aillent s'enrôler sous les bannières d'autres princes.

— Le drôle ! grommela Bel-Cœur.

— Ecoute encore, fit La Varenne, et vois ce que les autres en pensent.

Les paroles de l'orateur produisirent une vive effervescence parmi l'auditoire.

Des cris, des vociférations partaient de tous côtés.

— Oui, oui !... Stanislau a raison !

— Sancy se moque de nous !

— De l'argent ! Nous voulons être payés !

— Et tout de suite !

— Ou bien nous reprendrons notre liberté !

— Où est-il, ce Sancy ?

— Il court après son diamant !

— Son diamant ! ha ! ha ! ha !... Le connais-tu, toi ?... L'as-tu vu, toi, ce diamant ? Tu y crois, nigaud ?

— Chut ! Ecoutez !

Stanislau reprenait son discours.

A présent il expliquait à ses camarades ce qu'il pensait de la situation et ce qu'il convenait de faire.

C'était simple !

Sommer M. de Sancy de verser, d'ici vingt-quatre heures, à chaque mercenaire une partie de la solde promise.

Et si M. de Sancy ne s'exécutait point, les soldats pourraient, dès lors, considérer comme rompu l'engagement d'enrôlement.

— C'est cela !... Vive Stanislau !

— Il faut aller porter ces conditions à Sancy !

— Mais on ne sait pas où il est !

— Tant pis !... Demain soir, si nous ne sommes point payés, nous déchirons le contrat !

Et les phrases se heurtaient, se croisaient, se mêlaient, de plus en plus ardentes et furieuses, en un indescriptible charivari.

— Ma parole ! fit Roselin, je crois que nous arrivons à temps, avec notre pécune !

— Je le crois aussi, dit Pontréals... Mais que faire puisque M. de Sancy est introuvable ?

— Qu'importe ! répondit impétueusement Givry. Ces gens-là veulent de l'or, n'est-ce pas ? Ils se moquent bien que cet or leur soit donné par Sancy ou tout autre... D'ailleurs, les écus que nous apportons sont pour eux... Dès lors, nous pouvons les leur distribuer...

— Cela les calmera, déclara La Varenne. Il n'y a rien de tel !

Et, soudain, Roselin se dressant sur son cheval fendit les rangs, devant lui, en criant :

— Place ! place !... Je veux parler à mon tour !

La mine décidée, l'attitude fière, la mise du gentilhomme, et, surtout, la voix brève et claire, le ton habitué au commandement, eurent vite frayé à Givry un chemin au milieu de la foule grouillante des mercenaires.

Tous s'écartèrent sans récriminer, même si la monture du capitaine les avait bousculés tant soit peu.

Stanislau regardait venir à lui Bel-Cœur et donnait des signes d'une profonde stupéfaction et d'un embarras louche.

Roselin parut ne point prendre garde à lui. S'étant arrêté au milieu du groupe, vite refermé comme une vague, il lança :

— Hé bien, mes amis !... Que signifient ces manifestations ? Je suis surpris de cette attitude de la part de soldats disciplinés et loyaux !... Ce n'est pourtant point la première fois que l'on vous enrôle pour le service du roi de France : et, ce me semble, ni vous ni vos devanciers n'avez jamais eu à vous plaindre de ceux qui vous employaient ! N'a-t-on pas toujours scrupuleusement payé votre solde et tenu les engagements contractés envers vous ?... Répondez ?...

Personne ne souffla mot.

Un grand silence régnait maintenant, et nul de ces hommes ne bougeait plus.

Des autres groupes avoisinants, les soldats étaient venus se presser autour de ceux qui écoutaient Bel-Cœur.

Sa voix haute, nette, sonore était clairement perçue de tous.

Stanislau avait disparu dans la foule et se tenait coi.

Ayant attendu quelques instants, Givry reprit du même ton ferme et décidé :

— Ainsi, n'est-ce pas, ce que je dis là, nul de vous ne le conteste ?... Bien !... Alors, pourquoi aujourd'hui faire au roi de France et à M. de Sancy, son représentant, cette injure de croire à des fausses promesses de leur part et de les supposer capables de ne point exécuter les assurances données ?...

Un murmure courut dans la foule.

— Qu'est-ce que c'est ? demanda Givry avec hauteur, les sourcils froncés.

Des voix éparses, çà et là, prononçaient :

— Voilà plusieurs jours que nous attendons !

— Nous avons fait preuve d'assez de patience !

— L'argent ! l'argent !

— Pas d'argent, pas de Suisses !

Et plusieurs centaines de voix approuvaient, au milieu des applaudissements.

Roselin tapota de ses doigts les arçons de sa selle comme s'il y battait le tambour.

Interrompant net les murmures, il reprit :

— Que celui ou ceux qui ont quelque sujet de reproche, quelque grief à articuler vienne ici... en face de moi... et expose tout haut ses récriminations !

Personne ne broncha.

Cependant, une agitation se produisait parmi la foule. Des colloques... des protestations...

Et soudain, quelques voix crièrent :

— Stanislau ! Que Stanislau parle !

Bel-Cœur eut un sourire furtif :

— Soit ! Que votre camarade approche et m'explique !

L'autre se dérobait... Il semblait fort peu enchanté de l'honneur qu'on lui faisait en l'occurrence.

Cependant, comme Roselin attendait toujours, on finit par le pousser en avant, et de bras en bras, Stanislau arriva enfin devant le capitaine assez confus, mais faisant contre mauvaise fortune bon visage :

— Monsieur, commença-t-il, mes amis — vous les avez entendus vous-même — sont à bout de patience et ne veulent plus attendre davantage... Leur sujet de plainte, le voilà... Certes, je sais bien que la parole de M. de Sancy est telle que l'on peut s'y fier. Nous savons tous que le roi de France est un maître loyal... Mais nous avons besoin d'argent, monsieur, et ne serait-il pas possible de nous satisfaire ?

Le ton de Stanislau n'était plus du tout le même qu'au début, lorsqu'il pérorait seul pour attaquer Harlay de Sancy.

Même, il parlait assez bas, de sorte que très peu de ses camarades le pouvaient entendre.

Roselin se rendit compte qu'il avait affaire à un individu jouant double jeu et ne jugea pas utile de prolonger plus longtemps l'expérience.

Il déclara, s'adressant à tous les mercenaires :

— J'apporte la preuve que le roi de France tient sa parole et que M. de Sancy est un homme d'honneur ! Les réclamations seront satisfaites, les promesses remplies. L'argent sera donné !

Des exclamations enthousiastes partirent de toutes les bouches vociférantes l'autre minute.

Roselin continua :

— Que toutes les compagnies se rassemblent... Les hommes vont percevoir une avance sur leur solde... immédiatement ! Envoyez les fourriers !

Des cris de joie, des bravos éclatèrent et une immense clameur délirante se répandit sur tout le camp en même temps qu'une agitation sympathique s'y manifestait.

Des bousculades, des appels, des querelles, des chants, et bientôt, en rangs réguliers, séparés par des distances égales, les compagnies se rassemblèrent et attendirent.

Roselin avait rejoint ses amis.

Pontréals et La Varenne, aidés de La Guibolle et Franc-Castor commencèrent la répartition des écus du roi de France.

Pendant ce temps, Givry avait appelé à part Sulpice et Babylas.

— Sulpice, dit-il à son écuyer, as-tu remarqué ce Stanislau qui parlait, là, tout à l'heure ?

— Oui, monsieur le baron... Comment ne pas remarquer un groin aussi déplaisant ?

— Cet individu ne m'inspire aucune confiance. Je te charge, ainsi que ton ami Babylas, de le surveiller étroitement.

— Bien monsieur ! firent les deux hommes.

— Commencez votre surveillance dès maintenant... Lorsque les soldats auront reçu leur argent, ils iront tous le dépenser çà et là... Le moment sera bon pour suivre ce Stanislau... il ne vous connaît point et ne se défiera pas..

— Soyez sans crainte, monsieur, répondit Sulpice. Si malin que soit ce reître,

J'ai la prétention de lui en remontrer en astuce !

Et ce disant, le brave garçon était très fier de lui.

Bel-Cœur s'éloigna alors, se mettant à la recherche de M. de Sancy.

La Varenne et Pontréals devaient se livrer aux mêmes investigations, une fois la distribution d'argent terminée.

Au vrai, Givry était dans un certain embarras, et même dans un embarras certain. Il ne connaissait point Genève, n'y avait aucune relation et ignorait tout des habitudes de Nicolas de Harlay...

Où aller ?...

Il sortait du camp, réfléchissant et essayant de trouver quelque éclaircissement, lorsqu'il avisa de mauvaises huttes de branchages, des sortes de cabanes construites en planches et en boue sèche et qui se dressaient à l'entrée du camp des mercenaires.

Ces cahutes renfermaient une population hétéroclite et bizarre, semblable à toutes celles, qui, à cette époque, s'installaient aux environs des stationnements militaires et suivaient même les armées en campagne.

On trouvait là tous les échantillons de la pègre humaine, de la lie européenne, des commerces les plus baroques et les plus imprévus.

Escarpes, estafiers, joueurs de dés, tire-laine, fripiers, acheteurs et vendeurs de défroques, usuriers prêteurs sur bijoux ou avançant de l'argent aux soldats sur leur solde, juifs sordides aux combinaisons crochues, Italiens inquiétants, Espagnols aux mines d'évadés des galères, Anglais, Allemands, Russes, Turcs, Bohémiens, Suédois, toutes les races, tous les vices, toutes les misères, toutes les turpitudes de l'humanité se rassemblaient là !

Des femmes en grand nombre...

Des vieilles, des jeunes, des laides, des jolies, de fanées et de fraîches, de sales et de coquettes, de tous les âges, depuis la nonagénaire jusqu'à l'enfant.

Sorcières, vendeuses de philtres et de charmes, filles de joie ou entremetteuses, empoisonneuses, marchandes de mille colifichets ou de liqueurs, de tabac, de bijoux, elles montraient toutes la même âpreté au gain, la même ténacité complaisante prête à tous les crimes et à toutes les vilenies... pour quelques pistoles.

Roselin regardait curieusement ce spectacle qu'il connaissait bien, et qui, cependant, piquait encore sa curiosité sous ce ciel étranger.

Toute cette population éatit actuellement en proie à une agitation frénétique.

Déjà, le bruit s'était répandu que les mercenaires avaient touché de l'argent.

Et hommes, femmes, enfants, excités par l'appât du gain se préparaient à attirer les soldats, à faire sortir de leurs poches les écus qui venaient d'y entrer.

Une fillette de douze à treize ans s'approcha de Roselin et lui demanda s'il voulait se faire tirer la bonne aventure.

Givry refusa en riant...

D'autres accouraient...

Un petit garçon cria :

— Bonjour, monsieur de Sancy !

— Non, fit la petite devineresse, ce n'est pas M. de Sancy. Je le connais bien, moi !

Roselin s'approcha de la fillette.

— Tu dis connaître M. de Sancy... Où est-il ?

— Je ne sais pas...

— Tu voulais cependant me prédire l'avenir. Et tu ignores même cela !...

— Moi, je l'ignore, mais Piquillo pourrait vous renseigner, fit-elle énigmatique.

— Piquillo ? Qui est-ce ? demanda Roselin, subitement intéressé.

— C'est mon frère ; il fait souvent des commissions pour M. de Sancy.

— Va me le chercher, ordonna Bel-Cœur.

La fillette obéit et revint bientôt, escortée d'un garçon dégingandé d'une quinzaine d'années, mais dont le visage était franc et agréable.

— Sais-tu où est M. de Sancy ? lui demanda le baron.

— Non, monsieur ; mais je puis vous dire qu'il est parti hier soir, après avoir reçu une lettre qui l'a fort ému... Il a dit qu'il serait de retour dans deux ou trois jours, sans faute...

— Evidemment ! murmura Roselin. Sancy ne pouvait laisser les Suisses dans cet état d'esprit. Il était forcé de revenir auprès d'eux promptement !

Il questionna longuement Piquillo et,

se rendit compte que le jeune garçon ne mentait point.

Il le chargea donc de se mettre tout de suite à la recherche de l'absent, avec promesse d'une bonne récompense.

Le pourboire est une institution qui remonte à la plus haute antiquité...

II

LA PETITE MAISON DU LAC...

Le soir arriva sans que Bel-Cœur eût rien pu apprendre de nouveau concernant Nicolas de Harlay, malgré toutes ses recherches.

De leur côté, La Varenne et Pontréals étaient rentrés sans plus de résultat.

Franc-Castor, La Guibolle, Babylas arrivèrent aussi après avoir vainement battu la ville. Sulpice, seul, n'était pas encore de retour. Roselin et ses amis l'attendaient impatiemment.

Enfin, la porte de l'hôtellerie s'ouvrit, et l'écuyer du capitaine apparut, harassé et poudreux.

Bel-Cœur l'apostropha :

— Hé bien ?

— Ah ! messire... J'ai suivi ce Stanislau de malheur comme vous me l'aviez recommandé et il m'a mené dans tous les quartiers de la ville, je crois !... Il a godaillé dans plus de vingt hôtelleries avec des compagnons à lui... Puis il est resté seul, il y a une heure, et a paru soudain pressé, nerveux...

— Ah ! alors ?...

— Il est sorti de la ville et s'est dirigé vers le lac... J'ai suivi prudemment, et le Stanislau est arrivé, enfin, auprès d'une petite maison isolée... Il a regardé attentivement autour de lui... mais il faisait déjà sombre, et je me suis dissimulé derrière un arbre du chemin... Se croyant seul, l'homme s'est avancé vers la maison, et y est entré comme chez lui...

— Y avait-il de la lumière ? quelque chose enfin qui ait pu te faire penser que la maison était habitée ?

— Non, monsieur, pas de lumière et aucun indice d'une présence quelconque à l'intérieur.

— Et cette maison, quel aspect a-t-elle ? questionna La Varenne.

— Une bien vilaine apparence ! s'exclama l'écuyer.

— Le Stanislau y est-il resté longtemps ? interrogea à son tour Pontréals.

— Il doit y être encore, repartit Sulpice... J'ai attendu longtemps, pensant que mon homme ressortirait et irait ailleurs. Mais le temps passait, et il ne se montrait point... J'en ai conclu qu'il demeurait là et allait y passer toute la nuit.

— C'est possible, murmura Roselin. Cet homme loge peut-être en cette maison... Et personne n'y est venu pendant que tu guettais, Sulpice ?

— Personne !

— Tout cela est bien vague, fit La Varenne, et je ne crois pas que ces indications nous mettent sur la piste de M. de Sancy !

— Sans doute, dit le capitaine Bel-Cœur ; mais comme ce Stanislau m'intrigue et que je ne veux rien laisser au hasard, je compte aller demain surveiller la maison en question.

— Ce sera facile, déclara Pontréals. A la tombée de la nuit nous retiendrons Stanislau sous un prétexte quelconque, tandis que tu iras perquisitionner dans le mystère de ce logis.

. . . .

Le jour suivant, vers huit heures du soir, deux hommes, vêtus d'habits bourgeois fort modestes, quittaient Genève et se dirigeaient vers le Léman.

Les faubourgs franchis, ils suivirent un petit sentier qui, à travers la campagne, longeait irrégulièrement la rive du lac, tantôt s'en éloignant, et tantôt s'en rapprochant, comme au gré d'un caprice.

Bientôt ils distinguèrent, se dressant au milieu d'une petite étendue couverte de broussailles et d'arbustes, une maison basse, noirâtre, accroupie entre deux énormes sapins sombres.

L'endroit n'incitait guère à s'y arrêter.

— C'est là ! murmura l'un des deux hommes.

— Hon ! fit l'autre, le logis n'a pas belle mine !

— Oh ! ce côté-ci n'est rien ; la façade au-dessus du lac est pire encore !

— Diable ! ce doit être joli, alors !

De fait, la maison avait un aspect inquiétant et sinistre.

Un rez-de-chaussée percé d'une porte et de deux fenêtres aux volets hermétiquement clos.

Le mur était sale, noir, humide ; par places, des plaques de mousse verdâtre, des creux où, le crépi tombé, la pierre semblait couverte de lèpre...

Le toit se formait de grosses branches à peine équarries où poussait une végétation rare...

Pas de chemin pour conduire à cette maison.

A peine une sorte de bande, à travers les broussailles où l'herbe était moins drue et où l'on devinait que des pas s'aventuraient parfois.

— Tournons vers le lac, proposa l'un des deux hommes.

Ils étaient à quelques toises de la maison, et, se dissimulant derrière les buissons de ronces et de génévriers qui couvraient la lande, ils marchaient vers la rive.

A cet endroit, le sol était escarpé et rocheux, surplombant à pic la nappe tranquille.

La maison, construite presque sur le bord de la falaise, apparaissait, en effet, plus louche et plus laide encore de ce côté.

Une porte et deux fenêtres ouvraient sur cette face... mais closes aussi, avec un air rébarbatif et hostile.

Un des sapins laissait tomber ses premières branches jusqu'au toit qu'elles couvraient presque ; quelques rameaux pendaient même contre le mur et les fenêtres...

— Morbleu ! Tu avais raison, Sulpice, grommela l'un des deux compagnons. Ce logis a l'air d'un repaire de brigands ! Inutile de contempler plus longtemps cette horreur. Va te cacher ici près et attends sans te montrer.

— Mais... vous, monsieur ?

— Moi ? Je vais entrer là dedans.

— Et... s'il y a du danger ? fit l'autre d'un ton inquiet.

— Je t'appellerai. Tant que tu n'entendras pas ma voix, ne bouge point !...

— Puisque vous le voulez ainsi, monsieur, fit Sulpice d'un air réprobateur et résigné... Seulement... prenez bien garde !

— Ne crains rien, mon brave... Va !

Sulpice disparut bientôt derrière les broussailles, et son compagnon — Bel-Cœur — se dirigea prestement vers la maison mystérieuse.

Il revint du côté de la route, et, arrivé devant la porte, souleva le loqueteau délibérément.

La porte s'ouvrit aussitôt.

Roselin entra.

Un corridor étroit, humide et noir, béait...

Il y eut du bruit dans une pièce voisine ; puis une autre porte s'ouvrit dans le corridor et une faible clarté dessina l'entre-bâillement.

Sur le seuil, une silhouette...

Une femme d'allure jeune et svelte, qui resta là, timide, hésitante...

III

...ET CELLE QUI L'HABITE

— Qui est là, demanda-t-elle d'une voix harmonieuse, empreinte d'un certain effroi.

— Madame !... excusez-moi, prononça Bel-Cœur... J'ai pénétré ici, car c'est la seule maison qui s'élève en cet endroit, et les circonstances m'y obligent !

La femme avait eu un léger recul.

Elle fixait sur Roselin un regard inquiet, mais qui, insensiblement, paraissait se rasséréner.

— Que désirez-vous, monsieur ? murmura-t-elle.

Il déclara audacieusement :

— Je suis médecin, madame, et en regagnant la ville, j'ai trouvé près d'ici un homme blessé grièvement... Il est évanoui. Je voudrais le soigner et n'ai rien pour cela... En voyant votre logis, j'ai pensé que je trouverais ici quelques linges, un pot d'eau, du fil pour une compresse...

— Entrez ici, monsieur, dit-elle après une courte hésitation ; je vais vous donner ce qu'il vous faut.

Elle s'était effacée, et Roselin pénétra dans la pièce éclairée.

Une lampe fumeuse y brûlait. A cette clarté chiche, Bel-Cœur put mieux distinguer la femme que dans la pénombre, tout à l'heure.

Et il eut un mouvement de surprise.

Il avait devant lui une merveille de grâce, de beauté, de jeunesse !...

Une toute jeune fille... Seize ans.

peut-être ?... Brune, mais d'une nuance chaude et aux reflets bleuâtres, d'abondantes torsades de cheveux fins et soyeux encadraient un visage un peu allongé, exquis de charme et d'expression.

La peau un peu foncée, les yeux noirs, abondamment ciliés, les lèvres au dessin suave, tout cela composait une figure d'un attrait indicible, augmenté encore par le regard candide.

Le corps se révélait une perfection de modelé et de richesse...

Oui, une merveille, en vérité !

Roselin la contemplait avec un ravissement qu'il ne songeait même pas à cacher.

Une telle créature en une telle maison ! Etait-ce possible ?

Que faisait, en ce lieu infernal, cette jeune fille à la figure d'ange ?

Les vêtements étaient simples, sans coquetterie... presque pauvres, même.

Une jupe de futaine, un casaquin de laine rouge, un châle gris... c'était là tout son ajustement.

Et Roselin, subitement, fut frappé de s'apercevoir que cette inconnue avait le type espagnol très pur.

Sa mise, d'ailleurs, accentuait encore les caractéristiques de la race hispano-mauresque ; car, outre les couleurs crues de la jupe et du corsage, la jeune fille portait son fichu sur la tête, à la façon d'une mantille...

Et puis, l'accent aussi, était sonore, un peu guttural, chantant, comme l'est celui d'au-delà des Pyrénées...

Justement, la jeune fille parlait :

— Asseyez-vous, monsieur, tandis que je vais quérir ce qui vous est nécessaire.

Elle rougit en prononçant ces mots de sa voix mélodieuse. L'examen prolongé auquel la soumettaient les regards de Bel-Cœur troublait inconsciemment cette vierge.

Et, cependant, elle aussi avait longuement regardé le jeune homme.

Sous le costume simple de bourgeois, sous la veste de cadis et les chausses de grosse toile bise, il ne perdait aucune de ses élégances. Les tissus vulgaires de son accoutrement ne pouvaient lui enlever la distinction naturelle de ses manières. Sous le bonnet de gros drap bleu, son visage d'écolier batailleur avait la même séduction que sous le toquet de velours ou de satin orné de la plume blanche...

Et la jeune fille avait pris plaisir à contempler le capitaine... sans se douter qu'il le fût.

Elle était attirée vers ce jeune médecin si joliment tourné, aux façons courtoises et discrètes, à la voix chaleureuse, et dont les regards posés sur elle étaient empreints d'une respectueuse admiration.

Elle se sentait troublée, certes... mais point fâchée... et même vaguement heureuse, tout au fond d'elle, de lire si facilement les sentiments traduits par ces yeux expressifs.

Bel-Cœur murmura, comme s'arrachant à une extase :

— Pardonnez-moi de vous coûter autant de peine...

Elle dit, souriante :

— Mais non, je suis ravie, au contraire, de pouvoir vous aider dans votre œuvre charitable... Ce blessé... le sauverez-vous ?

— Je l'espère, répondit Roselin avec un peu d'embarras d'être obligé de mentir à cette jolie fille qui le croyait si ingénument.

— Ces parages ne sont pas sûrs, reprit-elle avec une sorte de terreur soudaine dans la voix, tandis que ses yeux semblaient traversés par une lueur étrange...

— Il est vrai, mademoiselle ; et je m'étonne que vous habitiez, seule, cette maison si isolée, en un pareil lieu !

Sans mot dire, la jeune fille se hâta d'ouvrir un coffre d'où elle tira quelques hardes de toile dans quoi elle déchira des bandes.

Alors, avide de savoir quelle énigme cachait cette présence incroyable en un tel antre, il questionna :

— Vous habitez seule, ici, mademoiselle ?

— Oui, monsieur, avec mon... oncle.

Elle se penchait très bas sur l'étoffe, pour cacher, sans doute, le bouleversement de ses traits ; et Roselin ne voyait plus que les mèches folles, frisées, qui auréolaient le front et les tempes.

La maigre clarté de la lampe jouait sur ces cheveux et y allumait des reflets.

L'inconnue dit, pour rompre, évidemment, un silence qui lui pesait peut-être :

— Vous habitez Genève, monsieur ?

— Oui, mademoiselle ; j'y suis né. Et vous, êtes-vous Genevoise de naissance ?

— Non... Je viens de bien plus loin...

Roselin n'osa l'interroger davantage, car il voyait croître son émoi.

D'ailleurs, malgré même le silence de Givry, l'étrange créature semblait ne point retrouver son calme.

Au contraire, tout en maniant les ciseaux sur la toile, ses gestes devenaient fébriles et saccadés. A un moment, elle leva la tête ; le regard semblait apeuré, éperdu. Et les prunelles s'agrandissaient, sombres, attirantes comme un gouffre.

— Que signifie cela ? se disait Roselin, très intrigué.

Une sympathie instinctive le poussait vers la jouvencelle.

Il eût voulu pouvoir la détromper, lui dire qui il était, lui jurer qu'elle avait en lui un dévouement et une protection, qu'elle devait se fier à sa sympathie.

Et il n'osait...

D'ailleurs, ne serait-ce pas imprudent de sa part de prononcer de telles paroles ?

Cette inconnue... qui était-elle, en somme ?

Et malgré son secret pressentiment, Bel-Cœur demeurait muet, réservé.

La jeune fille lâcha les ciseaux.

Puis, ses mains abandonnèrent les morceaux de toile...

En vacillant, elle recula... regarda autour d'elle, plusieurs fois, avec une expression d'effroi, de désolation, de souffrance... d'égarement. même.

Une faible exclamation sortit de sa bouche.

Et, brusquement, elle se laissa aller dans un fauteuil qui se trouvait derrière elle, puis elle ne bougea plus.

Une horloge sonna dix coups dans la pièce.

Dix heures du soir...

Roselin, glacé de stupeur, demeurait là, immobile, ne pouvant détacher ses yeux de cette scène extraordinaire.

A présent, la jeune fille se tenait inerte, dans son fauteuil.

Sa tête, repliée en arrière, s'appuyait contre le dossier.

Les yeux étaient entr'ouverts, et l'on voyait, entre les paupières, luire la prunelle, fixe, immobile.

Les bras étaient raidis, allongés... Tous les membres, tout le corps, d'ailleurs, offraient une apparence de tension semblable à la rigidité cadavérique.

Seulement, un frémissement, par instants, agitait ce corps, y attestant la vie.

Roselin se ressaisit.

Il marcha vers la jeune fille et prononça :

— Qu'avez-vous ?... Etes-vous souffrante ?

Pas de réponse...

Le capitaine prit une des mains ; elle était glacée... il la laissa retomber, impressionné par ce froid et par la raideur de ces doigts.

— Mademoiselle ! appela-t-il encore, saisi, maintenant, d'une épouvante inconsciente.

Elle ne bougeait point...

Bel-Cœur la considérait, haletant...

Qu'avait-elle donc ?

Il pensa à ce mal mystérieux et terrible que l'on désignait alors sous le nom de « haut mal ».

— Oui ! murmura-t-il, c'est cela, sans aucun doute... Cette pauvre enfant est sujette à des attaques de cette maladie atroce, dont on ne guérit jamais !

Cette explication parut soudain lui donner la clé de l'énigme.

C'était pour cette raison, évidemment, que la jeune fille vivait en ce lieu, retirée, en cette maison perdue, comme une lépreuse, comme une maudite. C'était pour cela qu'elle s'était montrée si contrainte, si étrange !

— Pauvre petite ! murmura Roselin tout attendri devant une infortune aussi cruelle et aussi imméritée.

Il ne savait que faire...

— Ah ! moi qui ai prétendu être médecin ! Et j'ignore tout des soins à donner en pareil cas !

Cependant, il pensa qu'un peu d'eau fraîche jetée sur le visage ou les mains de la jeune fille la rappellerait à elle. Il alla vers la pièce voisine où il pensa trouver cette eau. A peine en avait-il franchi le seuil, qu'il perçut, au dehors, un bruit de pas précipités et lourds...

Un pas d'homme !...

Roselin dressa l'oreille.

Etait-ce Sulpice ?

Non... L'écuyer avait la démarche plus

légère ; et, d'ailleurs il ne serait point venu puisque son maître ne l'avait pas appelé.

Qui... alors ?

Stanislau ?...

Ah !... enfin !... Givry allait savoir !

On ouvrait la porte extérieure.

Le pas résonna dans le corridor.

Et, brusquement, la porte, de la pièce où se tenait la jeune fille s'ouvrit.

Un homme parut sur le seuil.

La lumière de la lampe l'éclaira en plein visage, et Roselin put l'apercevoir distinctement, tout à coup.

Ce n'était pas Stanislau.

C'était un individu d'une quarantaine d'années, aux cheveux grisonnants, au visage tanné, dur, anguleux, aux yeux rudes et mauvais, barbu, velu... habillé comme les malandrins qui entouraient le camp des mercenaires suisses.

Givry avait eu le temps de se cacher, en reculant dans un cabinet contigu.

D'un clin d'œil, il y repéra, dans un coin, un tas de vêtements, d'étoffes, de linges...

Et il se blottit là, ramenant sur lui une tenture de velours, qui fleurait le musc et était sans doute la défroque de quelque somptueuse demeure.

De sa cachette, par la porte entr'ouverte, Bel-Cœur pouvait voir nettement la partie de la pièce voisine où était assise la jeune fille.

Dans l'ombre, Givry était invisible, tandis que la jolie fille et le survenant se détachaient nettement dans la baie éclairée.

D'ailleurs, l'homme n'eut aucune méfiance et ne parut point se préoccuper de quoi que ce fût.

Il était allé droit vers le fauteuil où la jeune fille était toujours prostrée, et il la considérait longuement, debout devant elle, les bras croisés, immobile.

<h3 style="text-align:center">IV</h3>

UNE SÉANCE DE MAGIE

L'homme tenait toujours ses yeux ardemment fixés sur la jeune fille ; et, sous ce regard magnétique, elle demeurait haletante et frémissante, comme un oiselet sous la prunelle vitreuse du reptile qui la fascine.

Soudain, l'homme parla d'une voix gutturale, rauque, au timbre sombre.

— Olivia !... m'entends-tu ?

Un soubresaut agita le corps de la jeune fille, et sur ses traits passa comme une vague de souffrance.

Puis, au prix d'un effort, elle articula faiblement :

— Oui !...

Il reprit, du même ton impérieux :

— Es-tu prête à me répondre ?

Elle parut se contracter toute... lutter... se défendre... Ses mains se crispèrent, son torse se dressa, se tordit, mais elle ne répondit point.

L'homme attendit quelques instants... Ensuite, donnant à sa voix un accent plus bref, plus dominateur encore, il reprit :

— Olivia !... Est-tu prête ?

Pas de réponse encore.

Mais les mouvements nerveux, convulsifs, de la jeune fille s'accentuèrent.

Cette fois, l'homme parut se fâcher.

Il darda sur celle qu'il appelait Olivia, des yeux fulgurants, exorbités, furieux ; et, le ton âpre de violence, il cria :

— Je veux que tu parles !

Alors, la jeune fille se mit à trembler comme une feuille agitée par la bourrasque.

Sa bouche, rapidement, s'ouvrait et semblait vouloir proférer des paroles ; mais aucun son n'en sortait, et une pâleur de cire avait envahi son visage.

On lisait dans ses yeux fixes, presque hagards, une expression d'affre, d'épouvante, tandis que son être entier se labourait d'une torture sans cesse aggravée.

Roselin, de sa cachette, attachait ses yeux sur le masque tragique de la jeune fille, sur l'homme au regard fatal. Et il se sentait saisi d'un effroi instinctif devant une telle scène capable de mettre plus d'un cerveau à l'envers.

Car alors, de rares initiés connaissaient seuls le magnétisme et l'hypnotisme...

Ces mots, à la vérité, n'existaient point. Cependant la chose se manifestait déjà ; mais elle était rangée dans la magie noire, la sorcellerie, les pratiques démoniaques.

Envoûteurs et envoûtés, incubes et succubes, possédés, voilà les noms que l'on donnait à ceux que, de nos jours, on nomme des « sujets »... des « médiums »...

Une terreur planait sur ces bizarres phénomènes et sur les manifestations de ces sciences maudites. Terreur faite de l'ignorance des temps, de la superstition étroitement liée, alors, à la foi religieuse, en cette époque de croyance dévote plus intuitive que raisonnée...

Terreur, aussi, faite de tout le système de l'au-delà auquel semblaient toucher ces pratiques qui échappaient à l'intelligence.

Terreur venue, également, de ce que presque toujours, à ce moment, les soi-disant thaumaturges qui se livraient à ces œuvres secrètes les employaient pour nuire à autrui, pour créer du mal ou de la souffrance...

Et les mesures terribles, éditées contre eux par la religion ou les lois du royaume aggravaient encore l'honneur qu'ils inspiraient.

L'état d'esprit de Roselin était donc fort conforme à celui qu'il devait avoir, en cette minute où il assistait à un spectacle jamais vu encore et dont les phases étaient bien faites pour le saisir de stupeur.

Mais Roselin de Givry était brave. Le mystère l'attirait comme le danger, et il avait l'âme généreuse, le cœur hardi !

Aussi ne vit-il qu'une seule chose : c'est que cet homme à la mine sinistre, dans cette maison inquiétante, se livrait à des machinations sataniques sur une jeune fille faible et sans défense.

Bel-Cœur se préparait donc à intervenir et allait se précipiter hors du cabinet où il se tenait blotti, lorsqu'il fut arrêté net par la voix de la jeune fille endormie.

Elle disait, d'un ton normal, maintenant :

— Oui, je suis prête... Que voulez-vous de moi ?

— Savoir des choses qu'il m'importe de connaître. Tu m'as trompé, hier.

— Moi !

— Ou tu t'es trompée, ce qui revient au même. Et c'est pour cela, que ce soir, je veux prolonger la séance... Sans doute, l'expérience d'hier ne s'est-elle pas faite dans toutes les conditions requises...

La jeune fille répondit :

— J'ai dit ce que je voyais... comme toujours.

— Tu as mal vu !... Ce soir, il faut me donner des indications plus claires et surtout plus exactes ; car je ne sais, en vérité, où tu as pris tout ce que tu m'as dit hier soir !

— Mon Dieu ! murmura Olivia, j'ignore tout, moi, de ce que je vous révèle. Vous commandez et j'obéis !... Ne suis-je pas votre esclave docile ? Pourrais-je me soustraire à votre puissance d'enfer ?

L'homme ricana :

— Oui ! dit-il presque férocement, tu es en mon absolu pouvoir durant ce sommeil que je provoque en toi par ma seule volonté !... Tu es un sujet soumis maintenant... Mais il n'en a pas toujours été ainsi ! Je me rappelle le mal que j'ai eu pour t'amener à ce point d'obéissance passive et de lucidité parfaite...

Roselin écoutait de toute son âme ces singulières paroles.

Il se demandait s'il ne rêvait point tout éveillé, si tout ceci était bien réel et ne serait point, plutôt, quelque cauchemar qui s'évanouirait tout à l'heure ?

L'homme reprit :

— Mais malgré tout, je le vois, il peut y avoir des périodes où ta volonté échappe à la mienne, où ton esprit se dérobe, sans doute, ou bien s'égare... Hier, ce fait s'est produit. Tes déclarations sont fausses et tu as divagué. Il faut donc mieux réussir ce soir ; et je le veux, entends-tu ?

— Hélas ! je ne pourrai faire mieux.

L'homme eut un mouvement d'impatience.

— Si fait ! Tu as encore des révoltes, j'en suis sûr... Je veux que tu concentres toute ton attention et que tu n'aies aucune idée de résistance.

Olivia ne répondit point ; mais un tressaillement douloureux parcourut son visage charmant et le crispa.

Cette fois encore, Bel-Cœur se demanda s'il n'allait pas surgir de sa cachette et délivrer la pauvre enfant de cette infernale domination ; mais il n'eut pas le loisir de tenter un seul mouvement.

Un bruit de pas retentissait dans le couloir.

La porte s'ouvrit.

Un nouveau venu apparut dans la pièce.

A la faible lueur de la lampe, Roselin le reconnut sur-le-champ.

Stanislau !

Qu'y venait-il faire ?

Givry allait savoir certainement... apprendre des événements mystérieux et terribles !

La présence d'un tel homme, en un tel lieu et au milieu de telles circonstances, présageait, à n'en pas douter, des machinations louches, des desseins criminels...

A l'entrée de Stanislau, le sorcier avait à peine détourné la tête.

Reconnaissant celui qui arrivait, il fit, de la main, un geste qui recommandait le silence.

Et, très bas, il dit :

— Assieds-toi ici, Stanislau... Elle est endormie depuis une demi-heure, et, je pense que ce soir, elle parlera mieux.

— Ah !

— Je l'ai préparée plus patiemment : nous allons enfin connaître la vérité, j'espère.

Le reître hocha la tête avec confiance et alla s'installer sur une escabelle à la gauche de l'homme, en face d'Olivia.

Il tournait ainsi le dos à Roselin de Givry.

Déjà, le sorcier commençait ses passes.

Il avait pris entre les siennes les deux mains de la jeune fille, dardait sur son visage des yeux où brillait la flamme d'une volonté dure...

Quelques secondes passèrent, longues, interminables.

Olivia, maintenant, était secouée de frissons.

Sa poitrine se soulevait tumultueusement, ses lèvres entr'ouvertes tremblaient, tandis que sa gorge aspirait l'air par saccades brèves...

— Olivia ! fit soudain l'homme .. Olivia !

La jeune fille cessa de tressaillir et se figea.

— Maître ! dit-elle d'une voix calme et sereine, qui semblait appartenir à une autre personne, tant le timbre en était changé.

— Olivia, reprit l'homme, veux-tu parler ?

— Oui, maître.

— Dire tout ce qu'il m'importe de savoir ?

— Oui, maître.

— Et pourras-tu ce soir, révéler l'exacte vérité ?

— Oui, maître, répondit-elle pour la troisième fois, avec le même accent décidé et docile.

— Nous allons voir, grommela l'homme.

Il fit une pause.

Et bientôt, articulant lentement, détachant les syllabes, de façon à prononcer distinctement chaque mot, il dit, la voix ferme, mais sans colère ni impétuosité :

— Reprends avec moi l'événement que je veux connaître jusqu'au bout, phase par phase... Vois-tu M. de Harlay de Sancy ?...

Un moment de silence suivit cette question.

Bel-Cœur avait sursauté en l'entendant.

A présent, il regardait avidement le visage d'Olivia, attendant la réponse de la jeune fille.

Elle avait relevé la tête légèrement ; et ce simple geste contenait tout un monde. Les yeux, grands ouverts, paraissaient fixer au loin quelqu'un, quelque chose, suivre un spectacle avec attention, passionnément.

A la fin, elle dit :

— Je le vois.

— C'est bien lui ?

— C'est lui !

— Où est-il ?

— Sur une route...

— Que fait-il ?

— Il cherche quelqu'un... Attendez !

Elle s'arrêta, sembla se concentrer encore.

Et elle s'écria, triomphante :

— Ah ! il cherche son écuyer, Roland... Il est anxieux... tourmenté...

Le sorcier poussa un grondement furieux.

— Ah ! non, fit-il, ce n'est pas cela que je te demande ! Je ne veux point savoir aujourd'hui ce que fait M. de Sancy... C'est plus haut qu'il te faut remonter !

Et il ajouta, avec des inflexions convaincantes :

— Nous sommes à trois jours en arrière, entends-tu ?... Regarde M de Sancy... Où est-il ?...

Olivia fit un effort pénible, parut tendre toute sa volonté, fouiller des ténèbres, tâtonner dans l'inconnu... pareille au prisonnier enfermé dans une caverne obscure.

Enfin, elle prononça comme tout à l'heure :

— Je le vois !...

— Où ?...

— Chez lui, dans une chambre.

— Seul ?

— Non, avec... avec Roland.

— Que fait-il ?

— Il donne un diamant à l'écuyer... Oh ! le beau diamant ! Comme il est gros ! et quels feux, quel éclat !...

— Suis Roland, à présent...

— Roland sort de la maison de M. de Sancy, et, par les faubourgs, s'en va à la demeure du Portugais Rosario... l'orfèvre...

Stanislau et son compagnon échangèrent un regard de satisfaction.

Olivia continuait, précipitant ses phrases :

— Rosario n'est pas chez lui... Peu de minutes avant l'arrivée de Roland, quelqu'un est venu le chercher, sous un prétexte, l'a emmené loin de là, afin qu'il ne rencontrât pas l'écuyer de M. de Sancy.

— Quel prétexte ?

— Une estimation de bijoux. L'homme qui a entraîné l'orfèvre... je le vois... c'est...

— Inutile ! coupa le sorcier. Reviens à Roland... Il arrive à la boutique de Rosario, n'est-ce pas ?... Alors ?...

Il voit la maison fermée, il s'enquiert, et un autre homme qui se trouve là dit à Roland que l'orfèvre est à sa maison de campagne, sur le bord du lac, à une demi-lieue de Genève... L'homme s'offre à y conduire Roland. Celui-ci accepte...

Roselin, pantelant, écoutait avec plus de passion encore que les deux complices.

Il apprenait là, par un hasard miraculeux, d'une façon extraordinaire, ce qu'il lui importait tant de savoir.

Mais il se demandait jusqu'à quel point ces paroles, ces révélations étaient d'accord avec la réalité.

Grave question que celle-là !

Olivia reprenait :

— L'homme qui emmène l'écuyer Roland, je le connais aussi... C'est votre ami Stanislau !

Le reître ne parut nullement s'émouvoir à cette déclaration. De son fauteuil, il donnait des signes de profonde attention.

Au nom de Stanislau, le baron comprit qu'Olivia allait, maintenant, lui donner la clé de l'énigme, si ardemment cherchée.

— Passe !... fit le sorcier... Qu'arrive-t-il ?

Docile, la jeune fille poursuivit avec calme :

— Les deux hommes suivent un chemin désert. Ils parviennent à un désert dit « La Croix des Chemins », en pleine forêt. Il y a là une vieille chapelle... Oh ! mon Dieu !

Olivia avait jeté un cri de violente terreur.

Elle cachait ses yeux derrière ses mains, pour fuir une vision d'épouvante.

Elle s'était tue, comme hébétée d'angoisse.

Roselin, lui aussi, étreint par l'émotion, attendait.

Les deux autres demeuraient impassibles.

— Continue ! ordonna le thaumaturge.

La jeune fille reprit, la voix dès lors tremblante :

— Stanislau soudain s'est jeté sur Roland, et lui a entouré solidement le corps de ses deux bras... Deux hommes surgissent d'un angle de la chapelle et se ruent sur l'écuyer... Il se débat, lutte désespérément... Oh ! le malheureux ! Ces hommes le frappent de poignards... c'est affreux !... Il perd son sang abondamment... Il se défend encore avec une énergie incroyable... Oh ! les autres, s'acharnent sur lui !... Il tombe ! Non, il se relève... résiste encore !... Il est couvert de blessures horribles... Assez, par pitié !... Oh ! je ne veux plus voir !... Mon Dieu ! Miséricorde ! miséricorde !

La voix tonnante, le sorcier jeta, avec un geste impératif :

— Si ! regarde !... Il le faut !... Je le veux !...

Pantelante, éperdue, Olivia obéit :

— Il tombe, gémit-elle... Cette fois, il est bien mort... C'est fini...

— Alors ? dit Stanislau à voix basse au magnétiseur, elle va se taire ?

Bel-Cœur était tellement palpitant d'émoi en entendant ainsi raconter le crime odieux de Stanislau, en voyant revivre devant lui le forfait horrible, le meurtre de l'écuyer Roland, qu'il en oubliait la situation critique où il se trouvait et la prudence nécessaire.

Certes, si les deux hommes qui étaient à côté avaient été eux-mêmes moins absorbés par leurs propres sentiments, ils eussent remarqué la présence de Roselin.

Mais, déjà Olivia continuait :

— Les hommes se penchent sur le cadavre et le fouillent... Ils paraissent soucieux de plus en plus... même déconcertés... puis furieux... Ils ne trouvent point ce qu'ils cherchent !

— Que cherchent-ils ? questionna le sorcier.

— Le diamant, le magnifique diamant de M. de Sancy.

Roselin tressaillit.

Le thaumaturge prononça :

— Donc, ils ne trouvent point le joyau... Où est-il ?

— Sur Roland !...

L'homme eut un mouvement d'humeur, tandis que Stanislau fit un geste de négation.

— Olivia ! déclara le sorcier sourdement, voici que tu recommences à errer... Cherche ! Le diamant !... Où est-il ?...

Oppressée, la jeune fille répondit :

— Je vous l'ai dit. Roland l'a sur lui.

— Allons donc !... C'est faux !... s'écria l'autre... Je veux, tu entends, je veux que tu parles et que tu révèles en quel lieu est le diamant de Sancy.

Tremblante d'effroi, toute crispée et tendue, la jeune fille parut concentrer sa volonté, farouchement.

Elle garda un court silence ; après quoi, elle poussa un soupir.

— Eh ! bien, demanda l'homme... où est-il ?

— Il l'a sur lui, répéta-t-elle, lasse, brisée.

— Tonnerre ! rugit le sorcier, nous ne saurons rien de cette faillie chienne ! Elle dit exactement toute la vérité, jusqu'au moment où il faudrait dévoiler l'endroit où Roland a caché le diamant !

Stanislau prononça à voix basse :

— Elle est peut-être fatiguée, laisse-lui un moment de repos, Guttierez... Tout à l'heure, tu l'interrogeras de nouveau...

— Non !... déclara l'autre avec rage... J'exige qu'elle parle... et elle parlera...

— Pourtant, si elle ne voit point ? émit le reître...

— Il faut qu'elle voie... malgré sa répugnance. Je lui arracherai la vérité !

Et tourné vers la jeune fille terrifiée, il ajouta :

— Pour la dernière fois, Olivia prends garde à toi ! Je veux savoir !... Le diamant ?... Où est-il ?...

Toute secouée de frayeur, elle repondit avec désespoir :

— Je l'ai dit, maître... Sur Roland ! Il y est... Je le jure !...

Il y avait, dans sa voix apeurée, un impressionnant accent de certitude.

— Satanée femelle ! hurla le sorcier... Elle ment !...

Les poings levés, il allait se précipiter sur la jeune fille ; mais Stanislau intervint, le retint et le ramena en arrière.

— Calme-toi, Guttierez, dit-il, sur un ton d'autorité persuasive. Tu le vois bien, elle dort ; comment pourrait-elle te tromper volontairement, sciemment ?

— Ah ! je ne sais plus ! Pourquoi, alors, dit-elle des mensonges ?... Par l'enfer ! Nous avons déjà fouillé deux fois Roland, et il n'y a rien sur lui, n'est-ce pas ?... Tu en es sûr aussi bien que moi...

— C'est vrai, reconnut Stanislau... C'est vrai !

— Alors, tu vois bien qu'elle ne dit pas la vérité.

— Et si elle ne la trouve pas ?... Ton pouvoir a sans doute une limite.

— Non ! répliqua Guttierez avec un sombre orgueil.

— Peut-être se produit-il, en elle, une défaillance inexplicable. Il doit y avoir là quelque phénomène qui nous échappe.

Guttierez ne répondit que par un soupir rauque. Il paraissait réfléchir avec l'âpreté du désespoir.

Et brusquement, il entraîna Stanislau vers la porte.

— Par le diable ! clama-t-il, j'en aurai le cœur net !... Viens, Stanislau, nous allons prévenir nos amis et nous retournerons là-bas une fois encore !

— Quoi ! fit Stanislau, surpris, tu veux recommencer à fouiller l'écuyer ?

— Oui, par la malemort !... Une dernière fois, et si le diamant est sur lui, nous le trouverons bien !

Stanislau haussa les épaules avec une mine de doute.

Mais docilement, il suivit le sorcier.

Tous deux sortirent, sans plus s'occuper de la jeune fille.

Bientôt, leurs pas décrurent sur la route.

Roselin et Olivia étaient seuls dans le sinistre logis...

V

POUR SAVOIR...

Lorsqu'il fut tout à fait sûr que les deux complices s'étaient éloignés, le capitaine Bel-Cœur sortit de sa cachette. Lentement, il pénétra dans l'autre pièce. Sur son fauteuil, Olivia demeurait endormie, les yeux clos, mais paraissait encore en proie à une agitation tumultueuse.

Roselin s'approcha d'elle.

Il la regarda longuement, l'observant, se demandant avec une sorte de curiosité effarée dans quel mystérieux sommeil la jeune fille était plongée et de quel phénomène miraculeux ou de quelle sorcellerie terrible il s'agissait ici !...

Combien de temps, encore, Olivia allait-elle demeurer en cet état ?

Se réveillerait-elle seule ? Ou bien fallait-il une intervention pour la faire revenir à l'état normal ? Et cette intervention, quelle en était la nature, de quelle manière pouvait-elle se produire ?

— Saurais-je, moi, la réveiller ? se disait le capitaine, avec une espèce de curiosité...

Il prit la main d'Olivia.

Elle la lui abandonna, passive ; elle semblait inerte, sans raison ni volonté.

Le contact de cette peau douce, fine, brûlante de fièvre, fit tressaillir Roselin.

Il se pencha sur la jeune fille ; il voyait, à présent, et sans aucune contrainte, cette adorable joliesse de traits, ce visage ravissant.

Le souffle irrégulier d'Olivia caressait la fine moustache de Bel-Cœur.

Un trouble soudain submergea le capitaine.

Il eut la tentation brusque de baiser ces lèvres rouges et fraîches... si tentantes !... qui s'entr'ouvraient sur des dents menues et nacrées, éblouissantes de blancheur.

Il recula...

— Je résisterai à Belzébuth ! se promit-il... Par la morbleu ! il n'est déjà que trop puissant ici !

Ses yeux regardèrent tout autour de lui, presque inconsciemment.

Il était seul, bien seul...

Olivia ne bougeait point...

Alors, une bouffée de chaleur monta à la tête du jeune homme qui sentit son cœur palpiter désordonnément.

Oh ! baiser cette bouche divine !

Qui le saurait ?

Nul ne le verrait... dans le mystère de cette maison lointaine.

Olivia même sans doute, ne se rendrait pas compte... ne se rappellerait point... car elle était plus abandonnée que dans le sommeil ordinaire.

Cela, Roselin le devinait confusément et s'en émerveillait.

Mais Bel-Cœur était avant tout un gentilhomme !

Et, sans lâcher la petite main de satin, il la porta à ses lèvres et y déposa un baiser aussi respectueux qu'à la cour, sur les doigts d'une noble dame...

La jeune fille eut un léger frisson qui courut sous l'épiderme délicat ; puis sa tête se redressa sur le dossier du fauteuil.

Bel-Cœur alors, lâcha la main qu'il tenait.

Il fit deux pas en arrière... attendant.

Maintenant, Olivia semblait s'agiter de plus en plus, et des mouvements nerveux faisaient frémir son buste sous le corsage de linon brodé.

Subitement, elle rouvrit les paupières, fixa sur Roselin ses yeux qui, un instant, papillotèrent... Ensuite, elle eut un geste de saisissement.

Elle était réveillée...

Une rougeur colora ses joues ; ses cils s'abaissaient sur ses yeux veloutés... Elle murmura :

— Oh ! oui... je me souviens...

Roselin s'approcha d'elle, d'un mouvement spontané.

— De quoi vous souvenez-vous ? demanda-t-il avec une émotion un peu anxieuse.

Elle répondit tristement :

— Hélas !... Une fois de plus, j'ai encore cédé !

Il questionna, avide de savoir, d'aller au fond de cette troublante énigme :

— Ainsi, vous êtes tout à fait réveillée

maintenant ? Vous vous rappelez m'avoir vu déjà ?

— Vous êtes le médecin qui venait chercher ici des linges pour panser un blessé.

Roselin avait oublié ce détail imaginaire...

— En effet, balbutia-t-il... Vous me parliez et, soudain, vous êtes tombée sur ce siège, endormie !

Olivia se dressa soudain, pâle comme une morte.

— Oh ! s'exclama-t-elle et vous êtes resté là ?

— Oui, avoua Roselin.

— Et vous avez vu... entendu ?...

Sa voix s'imprégnait de confusion, presque de désespoir.

— J'ai vu et entendu, avoua encore Givry.

— Sainte-Vierge ! gémit-elle, douloureusement.

Et elle retomba dans son fauteuil où elle demeura, la tête dans ses mains

Aux sursauts convulsifs des épaules, au tremblement du buste gracile, Roselin comprit qu'elle pleurait et il s'en attendrit. Il s'élança vers la jeune fille.

— De grâce, pourquoi ce chagrin ? cette affliction ?

— Malheur de moi ! exhala Olivia, la voix plaintive.

Bel-Cœur se rapprocha encore... à la toucher.

— Ne pleurez point !... Si j'ai vu et entendu quelque chose, je vous jure que c'est contre mon gré et que je ne savais pas à quel sortilège j'allais en entrant dans ce logis.

— Oh ! balbutia Olivia avec déchirement, quelle honte !... Qu'allez-vous penser de moi !

— De vous, pauvre enfant, répliqua vivement Givry, je penserai... je pense déjà que vous êtes une malheureuse victime, la proie de misérables criminels.

Il s'animait, indigné. Elle l'interrompit, implorante :

— Par pitié !... Taisez-vous, monsieur, je vous en prie !

Il reprit avec chaleur et avec force :

— Me taire ?... Ah ! que non pas !... Pouvez-vous soutenir que ces gens ne sont point des êtres vils et odieux, qui abusent de votre faiblesse ?...

— Messire... balbutia Olivia...

— Quant à moi, de toute la sincérité

de mon âme, je vous plains, je vous voue une vive amitié et je suis prêt à faire pour vous tout ce qu'il vous plaira de me demander !

Emue, la jeune fille murmura :

— Merci, monsieur ! croyez que je suis très touchée de vos paroles généreuses... Mais, vous ne pouvez rien pour moi, hélas !

— Pourquoi ?... Si ! Je puis beaucoup pour vous... Je suis tout à vous, et mon dévouement, ma protection vous sont acquis... Laissez-moi vous sauver... vous arracher d'entre ces mains infâmes !

A la flamme de ces paroles, Olivia avait souri d'abord, heureuse... mais la fin l'apeura.

— Oh ! non, jamais ! Il ne faut pas... Je ne veux pas ! s'écria-t-elle.

— Vous ne voulez pas ? fit-il, stupéfait de cette protestation fiévreuse... Oh ! mais c'est fou !... Vous préférez demeurer ici, en ce lieu horrible, livrée à ces assassins ?...

Elle baissait la tête, comme écrasée au fond d'un abîme.

Givry comprit le désarroi qui régnait en elle, devina les transes qui agitaient cette âme violentée.

— Rester ici !... Ah ! vous n'y pouvez songer !... Et moi, je me refuse à vous y laisser davantage... N'est-ce pas que vous consentez à fuir cette abominable maison ?...

Elle ne répondait toujours point.

Des larmes silencieuses brillaient au coin de ses paupières et glissaient lentement sur ses joues, tombaient sur sa poitrine qui se soulevait, oppressée.

Profondément touché de cette obstinée désespérance, Bel-Cœur prit une des mains d'Olivia et la serra doucement dans les siennes.

— Dites, insista-t-il, n'est-ce pas que vous consentez à me suivre, à me laisser vous arracher à vos bourreaux ?

Elle secoua lentement la tête.

— Je ne le puis... murmura-t-elle enfin.

— Comment ! s'exclama Roselin effaré... Mais quel lien vous attache à ces gens !... Ah ! je comprends : sans doute, ce Guttierez est-il votre père ?...

— Lui... mon père ? répéta Olivia, frémissante de mépris... Ah ! non... Dieu merci ! je n'ai rien de commun avec cet homme !

— Alors, s'il ne vous est rien, pourquoi demeurer auprès de lui ? accepter d'être son jouet ?... Et pourquoi vous résigner à l'existence affreuse qu'il vous fait, aux risques terribles que vous courez chaque jour ?

— Ah ! vous ne savez pas... Vous ne pouvez pas savoir !...

Et elle retomba, comme accablée, sur son fauteuil.

VI

LE SECRET D'OLIVIA

Bel-Cœur se reprochait d'avoir prononcé de trop dures paroles.

S'agenouillant devant Olivia, il reprit la petite main brûlante, la porta respectueusement à ses lèvres et murmura :

— Pardonnez-moi si je vous ai blessée par des mots trop rudes.

— Et combien injustes !... mais ce n'est pas cela qui me désole le plus...

— Qu'est-ce donc ?

— C'est de ne pouvoir répondre à l'amitié que vous me témoignez, messire... car, quoi qu'il advienne, mes lèvres resteront closes...

— C'est donc un secret bien affreux ?

— Ne me le demandez plus... Vous me déchirez l'âme.

— Je ne vous le demanderai plus, vous en avez ma parole. Seulement, je reste libre d'agir selon ma conscience...

— Que voulez-vous faire ? demanda Olivia avec angoisse.

Il répondit froidement :

— Rechercher Stanislau et Guttierez, et les livrer à la justice !

Elle poussa un cri de terreur.

— Non, oh ! non, ne vous attaquez pas à ces gens !

Il ricana, narquois :

— Vous tremblez qu'il ne leur arrive du mal ?

La jeune fille se révolta comme sous le fouet d'un affront ; et, les yeux étincelants, la voix vibrante :

— Croire que je veux sauver ces misérables !... C'est vous seul que je veux préserver... Je connais Stanislau et Guttierez ; je sais de quoi ils sont capables. Ils ne reculeraient devant aucun crime. Ils vous retrouveraient et j'aurais à me reprocher toute ma vie d'être cause d'un malheur... A présent, vous comprendrez pour quelle raison je refuse de quitter cette maison qui me fait peur, cette existence que j'abomine, et ces deux monstres qui me torturent...

— Olivia, s'écria Roselin, transporté de joie, Olivia, oh ! pardon !... Comment ai-je pu vous soupçonner ?

Elle rougit, d'entendre son prénom sortir des lèvres de Bel-Cœur, prononcé avec cette fièvre tendre.

Lui pressait la main menue qui tremblait entre les siennes.

— Olivia, fit-il avec émotion, vous aviez peur pour moi ?... Enfant, ne songez qu'à vous !

— Non... je ne veux pas vous exposer à une implacable vengeance. Moi, je suis déjà résignée, hélas ! J'accepte mon sort... mais je ne veux point vous entraîner dans un pareil péril !

Que ces paroles étaient, pour Givry, agréables à entendre ! Ses fibres les plus secrètes y goûtèrent la caresse précieuse d'une âme douce, la noblesse d'un sublime désintéressement confinant au sacrifice.

Et il n'était cependant, pour elle, qu'un étranger, un inconnu !...

Quel sentiment inspirait donc cette jeune fille ?

Il prononça avec une gravité attendrie :

— Merci de cette marque d'intérêt que vous me donnez là !... Puisque vous avez quelque amitié pour moi, confiez-vous entièrement et laissez-moi vous sauver.

— Que pourriez-vous, las ! Vous êtes un médecin de Genève et ce n'est pas votre métier de lutter contre de tels hommes !

Roselin sourit.

— N'ayez crainte ! J'ai des amis puissants et vaillants... Ils s'intéresseront sûrement à vous lorsque je leur raconterai votre histoire. Ils retourneront bientôt en France et vous emmèneront avec eux... Là-bas, vous n'aurez plus rien à redouter de vos bourreaux.

Elle murmura, comme en rêve :

— En France !... Oh !... Est-ce possible !

— Certes !... Vous verrez... La France est un pays adorable où il fait bon vivre... Vous y serez heureuse... et j'irai vous y retrouver...

— Je connais la France... avoua-t-elle avec une joie contenue.

— Vous y avez habité ?

— Il y a bien longtemps. Sept années déjà !

— Vous êtes donc Française ? Je vous aurais crue Espagnole...

— Je suis Espagnole, il est vrai... Née à Grenade, mes parents étaient nobles et riches ; mon père avait, dans sa province, une situation brillante ; mais c'est précisément son rang qui causa sa perte... A Grenade, des gentilshommes ourdirent une conspiration contre le roi Philippe II... Mon père entra dans le complot. Il était loyal et juste, et croyait que la cause qu'il servait était légitime... Les conjurés firent de lui un de leurs chefs et il ne crut pas devoir refuser ce périlleux honneur. Malheureusement, la conspiration fut découverte. Un traître révéla le plan et les noms des conspirateurs. Le roi fit arrêter aussitôt les complices... Par un heureux hasard, mon père fut prévenu à temps. Il put fuir, emmenant en France ma mère et moi, sa fille unique.

— Quel âge aviez-vous alors ?

— Dix ans... Nous nous réfugiâmes à Angoulême, et, pendant quatre ans, je vécus heureuse, gâtée auprès de mes parents qui menaient une vie calme et retirée... Un jour, dans le parc de notre maison, alors que je jouais, seule près de la route, deux cavaliers passèrent. Ils me virent, s'arrêtèrent, m'adressèrent quelques paroles banales, comme on en dit aux enfants...

— Ces cavaliers... vous les connaissiez ?

— Non, mais hélas ! je devais les connaître. Ils parvinrent à m'attirer sur la route, près d'eux, en me montrant des objets de parure... Et, soudain, se penchant sur sa selle, un des hommes me saisit en riant et m'assit devant lui pour mieux me faire admirer les bijoux... Brusquement, comme j'étais toute confiante et plongée dans mon émerveillement, il posa sa main sur ma bouche, m'enveloppa de son manteau, et éperonna son cheval qui partit au grand galop...

— Oh ! s'exclama Roselin. Ce misérable vous volait !... Qui était-il ?

— Guttierez !

— Lui ! Que voulait-il faire de vous ? A dix ans !...

— Sans doute cet homme, qui avait déjà l'extraordinaire pouvoir que vous savez, avait-il reconnu en moi une âme malléable ? Ou bien, sachant que ma famille était riche et que j'étais fille unique, avait-il l'intention de me rendre à mes parents contre une forte rançon ?... Toujours est-il qu'il m'emmena avec lui le long des routes... Terrorisée par ses menaces, annihilée par la peur, je ne disais rien, lorsque nous nous arrêtions en quelque auberge... Ainsi nous arrivâmes en Suisse, et depuis sept ans bientôt, patiemment, tenacement, cet odieux Guttierez m'a pliée à ses pratiques magiques... Toutes mes résistances sont demeurées vaines. Cet homme me tient avec une absolue dépendance et en est arrivé à me faire tomber à son gré en ce sommeil mystérieux, même à distance.

— C'est épouvantable ! murmura Roselin... Pauvre petite !

— Grâce à moi, il attire maintenant en cette sinistre maison les gens qu'il veut dépouiller... Ah ! pourquoi vous ai-je dit tout cela, messire ? C'est si affreux !

— Il le fallait, déclara gravement Givry. Maintenant que je sais, je pourrai agir !

— Vous y êtes résolu, malgré tout ?

— Oui, je vous sauverai, je le veux !

— Alors, à la grâce de Dieu ! balbutia-t-elle avec une résignation mêlée d'espérance, tandis que ses yeux enveloppaient le capitaine d'un rayon d'admiration et d'amour.

VII

LE CRIME DE STANISLAU

En écoutant les émouvantes révélations d'Olivia, Bel-Cœur se disait que le hasard avait été en l'occurrence merveilleusement perspicace, puisqu'il l'avait placé sur le chemin de la pauvre enfant au moment même où il poursuivait lui-même ses investigations au sujet de Harlay de Sancy.

Cette concordance lui permettait de faire d'une pierre deux coups... et même trois.

Trouver Sancy ;

Punir Guttierez et Stanislau ;

Sauver une infortunée dont tant de malheurs rendaient le charme plus touchant encore.

Ces deux dernières éventualités, Roselin les voyait, pour ainsi dire, réalisées déjà.

Mais quant à de Sancy et au diamant, c'était autre chose.

Et cependant Givry se disait qu'il était sur la bonne piste. Il en avait le pressentiment...

Ce qu'il avait entendu tout à l'heure, lors de la bizarre séance à laquelle il avait assisté, invisible, lui faisait supposer qu'il était à la source même des renseignements utiles.

A présent, il s'agissait d'obtenir des détails complémentaires.

Ces détails, Olivia pourrait-elle les lui fournir ? Le voudrait-elle, d'ailleurs ?

Roselin sentait que la jeune fille opposerait — instinctivement et malgré elle — une grande résistance à trahir le secret de ses bourreaux, dont l'un dominait si complètement sa pensée, envoûtait, pour ainsi dire, son âme !

Mais il espérait l'amener à parler.

— Senorita, reprit-il, à présent, il ne faut plus avoir peur, il ne faut plus rien craindre... Le ciel m'a conduit auprès de vous, je vous sauverai, j'en ai la certitude, parce que j'en ai le désir.

— Merci ! dit-elle, avec un doux sourire d'espoir.

— Mais, continua le capitaine Bel-Cœur, pour cela il faut absolument que je sache tout... tout ce qui vous concerne, et ce qui regarde surtout Guttierez et Stanislau.

Elle l'écoutait, déjà contractée, comme si elle se raidissait sous l'emprise d'une volonté supérieure.

— Il faut que je connaisse tous leurs crimes ! reprit Roselin avec force.

Le visage de la jeune fille se fermait, comme abrité derrière un mur impénétrable.

Néanmoins, Givry, la voix chaleureuse, fixant sur Olivia un long regard ardent, insista :

— Ce dernier crime... oui... celui dont j'ai surpris, tout à l'heure, quelques détails...

— Quel crime ? fit-elle, oppressée.

— Le vol du diamant de M. de Sancy.

Avec une exclamation, elle retira ses mains d'entre celles de Givry et s'en couvrit les yeux.

— Mon enfant, murmura Bel-Cœur, je suis votre ami... le seul peut-être... Vous allez tout me dire ! Ayez confiance ! Est-ce que je ne mérite point votre franchise ? Voulez-vous me cacher cet événement qui peut, je vous l'assure, être décisif pour votre sort comme pour le mien ?

Elle tressaillit. Il reprit, plus persuasif :

— D'avance, quel que soit votre rôle et votre part dans le crime, — je vous en excuse... Je sais trop que vous obéissiez à des suggestions plus puissantes que votre volonté ! Alors ?... dites ?... parlez !

— Je ne peux pas ! dit-elle, haletante, et comme crispée d'un terrible combat intérieur.

Roselin fronça le sourcil.

— Soit ! fit-il après un instant de réflexion. Il va donc me falloir tâtonner, aller dans la nuit, marcher dans l'incertitude, avec le peu que je sais... Car malgré votre mutisme, je n'abandonne pas mon dessein de punir ces misérables. Je veux les châtier et je les châtierai ! J'en fais ici, devant vous, le serment solennel !

Il étendit sa main droite qu'il laissa un long instant tendue devant Olivia.

Machinalement, la jeune fille regarda cette main fine, nerveuse, portant le cachet de l'aristocratie et de la race.

Et soudain, elle jeta un cri.

En même temps, elle saisissait la main de Bel-Cœur et l'amenait plus près de ses yeux, avec une hâte fébrile.

Elle regardait, ardemment, une bague que Roselin avait à l'annulaire droit.

Cette bague, c'était un anneau d'or, dont le chaton en forme d'écusson s'ornait d'armoiries gravées.

La bague de Marguerite d'Epernon... les armes de la duchesse !...

L'anneau donné à Pontoise, en cette nuit où Roselin, avait, par son intervention, épargné à Mme d'Epernon les insultes de Roger de Bellegarde...

Le capitaine considérait avec stupéfaction la jeune fille examinant le bijou.

— Cette bague !... d'où vous vient-elle ?

Sans ambages, Roselin le lui expliqua.

— La duchesse d'Epernon ! s'écria Olivia... Vous la connaissez !... Se peut-il ?...

— Mais... vous-même... vous la connaissez aussi ?

— Oui !... répondit Olivia, avec une exaltation joyeuse. C'est ma bienfaitrice ! mon amie !... ma protectrice !...

— S'il en est ainsi, vous voyez que ceci encore me rapproche de vous.

— Parlez-moi d'elle. Elle est si belle, si bonne !... et je l'aime tant ! C'est vrai, je ne vous ai pas dit... Je l'ai connue à Angoulême...

— En effet, son mari était gouverneur de Guyenne...

— Ce fut elle qui, là-bas, accueillit mes parents expatriés, leur témoigna une bienveillance, une protection qui ne se sont jamais démenties... Et moi-même, elle m'a manifesté toujours une si douce affection... Elle a été pour moi, une grande sœur tendre et attentive.

— Ah ! murmura Roselin, cela ne m'étonne point d'elle... La jolie duchesse m'a paru tellement aimante et gracieuse !

Et, devant les yeux du capitaine, passa une vision blonde et rose, vaporeuse et souriante, qui délicieusement l'émut.

Olivia continuait, volubile :

— Cette bague, je l'ai vue cent fois au doigt de la duchesse. Oh ! je la reconnais bien !... Mon Dieu ! messire, à première vue, j'ai senti que bien des choses nous lieraient l'un à l'autre... Je ne savais point lesquelles, il est vrai, mais je me voyais portée vers vous par un sentiment inconscient et fort...

Doucement, Roselin dit :

— Alors, ne résistez point, ma belle !... Vous voyez bien que le doigt de Dieu est en tout ceci.

— C'est vrai, prononça-t-elle gravement.

Elle garda un instant le silence, et enfin :

— Puisque tout semble me pousser vers vous, messire, interrogez-moi, et je vous répondrai.

— C'est Stanislau et Guttierez, n'est-ce pas, qui ont volé le joyau de M. de Sancy ?

— Oui ! proféra-t-elle sourdement.

— Dans quelles conditions ?

— Par Stanislau, Guttiérez a appris que les Suisses, en effervescence, exigeaient le paiement d'une solde arriérée ou menaçaient de quitter le camp. Pour pallier à ce péril, M. de Sancy se décida à mettre en gage un diamant de valeur fabuleuse...

— Je savais cela...

— Mais Guttierez l'ignorait, lui !... Aussi, en apprenant l'existence de ce joyau incomparable, il eut, aussitôt, le désir de s'en rendre maître... Et il dressa ses plans... Il guetta M. de Sancy et sut, de la sorte, que celui-ci avait chargé son écuyer, nommé Roland, d'aller engager le diamant à un Juif portugais, le joaillier Rosario...

— Après ? demanda Givry avidement.

— Après... c'est le crime ! Guttierez et Stanislau eurent ici une longue conférence et convinrent d'attirer Roland dans un guet-apens.

— L'arme des lâches !

— Le malheureux écuyer tomba dans le piège, et, au carrefour de la Croix-des-Chemins, fut assassiné par des complices.

— Mais le diamant ?...

— Le diamant demeura introuvable.

— Roland ne l'avait donc pas sur lui ?

— Si ! mais en vain fut-il fouillé... On ne découvrit rien ! Le crime fut inutile.

— Ne croyez-vous pas que l'écuyer, par un pressentiment ou par méfiance, n'ait pas caché le joyau en quelque lieu secret avant de se rendre au lieu du meurtre ? Ou bien lorsqu'il fut assailli à la Croix-des-Chemins, pensez-vous qu'il n'ait pas le temps de jeter le diamant, à la dérobée ?

Olivia secoua la tête.

— J'ignore tout cela... Guttierez m'a endormie à deux reprises pour m'interroger au sujet du diamant ; et, chaque fois, j'ai déclaré, dans mon sommeil, que le joyau était bien sur Roland... Il y est encore.

— Cela est bien extraordinaire, après une fouille minutieuse !

— Ah ! gémit Olivia, j'aurais voulu, au prix de ma vie, empêcher cet assassinat !... Mais que pouvais-je ? Comment retenir les deux monstres et leurs complices ? Comment prévenir ce malheureux Roland ?... Hélas, j'ai dû savoir ce forfait et le laisser s'accomplir !

— Ne vous désespérez point ; vous n'êtes en rien coupable. Si vous n'avez pas sauvé Roland, du moins, m'aiderez-vous à le venger.

— Je voudrais vous croire... mais je tremble !

Sa voix était empreinte d'une véritable épouvante.

— Rassurez-vous, Olivia, fit Bel-Cœur en souriant... Maintenant, donnez-moi tous les renseignements nécessaires pour retrouver le lieu où est tombé le pauvre Roland.

— En sortant de Genève, à l'Est, et en longeant le lac, on arrive, par un étroit sentier, au carrefour de la Croix-des-Chemins. Il s'élève, à cet endroit, une vieille chapelle désaffectée. C'est dans cette chapelle que gît le corps de l'écuyer de M. de Sancy.

Givry se leva ; Olivia courut à lui, et, fixant sur les yeux de Roselin ses regards angoissés et étincelants :

— Messire, prenez garde !

— Enfant !...

— J'ai peur... peur pour vous ! avoua-t-elle dans un souffle.

— Petite fille !... murmura-t-il affectueusement. Remettez-vous de votre alarme. Je réussirai, et il ne m'arrivera aucun mal.

— Mais... comment saurai-je ?

— Attendez ! fit Roselin.

Il réfléchit une minute.

— Ce soir même, je vais me rendre là-bas.

— A la Croix-des-Chemins ? demanda-t-elle avec effroi.

— Oui, répondit-il... et dès que l'affaire sera terminée, je reviendrai ici et je vous emmènerai.

— Serait-ce possible ?

— C'est promis.

— Mais je n'ose croire...

— Il faut croire !... Nous partirons ensemble pour la France, et je vous conduirai auprès de la duchesse d'Epernon qui se chargera de vous rendre à vos parents.

— Seigneur ! exhala Olivia...

Elle semblait transfigurée ; son joli visage s'éclairait d'une extase enivrée qui lui faisait une auréole.

Roselin contemplait avec ravissement ce trouble profond et lui-même le partageait, par une sorte de communion délicieuse et fervente.

Il tendit sa main à Olivia :

— Adieu, dit-il, je dois partir, il est temps !

— Allez, messire, puisque pour vous l'heure est venue... Quant à moi, jusqu'au moment où vous franchirez de nouveau le seuil de cette maison, je vais vivre des transes mortelles !

— Je ferai en sorte de les abréger.

— Et si vous ne reveniez plus... oh ! je crois que j'en deviendrais folle de douleur !

Il sourit, pressa la petite main brûlante qui s'était posée sur la sienne.

— Nous nous reverrons, chère enfant, dit-il fermement, et vous oublierez vite ces mauvaises heures !

— Jamais ! s'exclama-t-elle. Si heureuse que puisse être ma vie plus tard, toujours je me souviendrai des minutes que je viens de vivre...

— Moi aussi, murmura Bel-Cœur, je me les rappellerai...

Il aurait voulu partir comme il le devait, mais quelque chose le retenait en cette pièce, auprès de cette créature si jolie, si touchante...

Cependant il surmonta l'espèce de charme qui l'envoûtait.

Secouant toute indécision il saisit son feutre et se dirigea vers la porte, très vite :

Sur le seuil il se retourna.

— Au revoir, Olivia... dit-il... A bientôt !

La jeune fille était demeurée près du fauteuil, comme si elle n'eût pu faire un seul pas. Sa pâleur attestait son émotion.

— Au revoir, messire, balbutia-t-elle. Dieu vous garde !

Roselin s'inclina, fit un geste de la main et disparut.

Olivia tendit l'oreille vers la fenêtre, écouta quelques instants ; puis, retombant soudain sur le fauteuil, elle enfouit son visage entre ses mains et se mit à pleurer.

La rosée des larmes, a dit le poète, apaise les soucis et fond le chagrin.

VIII

LA-CROIX-DES-CHEMINS

Au sortir de la petite maison du lac, Bel-Cœur retrouva Sulpice qui avait attendu, caché dans un buisson, et se morfondait.

Le brave écuyer, en effet, avait vu entrer dans le sinistre logis d'abord Guttierez, qu'il ne connaissait point, puis Stanislau, qu'il connaissait trop...

Ensuite, les deux hommes reparurent ensemble et s'éloignèrent le long du lac en échangeant des propos animés avec force gestes.

Sulpice se demandait ce que cela signifiait. Il craignit que les deux bandits eussent fait à Bel-Cœur un mauvais parti.

Mais, esclave de la consigne donnée, il ne bougea point de son poste, attendant toujours l'appel de son maître pour intervenir.

Aussi, à la vue de Givry, fut-il allégé d'un poids énorme.

— Ah ! monsieur, s'exclama-t-il, par ma foi ! je ne m'attendais presque plus à vous revoir...

— Vraiment, Sulpice ?

— Certes, monsieur ; et si votre absence s'était encore longtemps prolongée, j'allais à l'hôtellerie prévenir MM. de La Varenne et de Pontréals ; puis, avec eux et leurs écuyers, je serais revenu ici, où nous aurions pris d'assaut cette louche baraque !

— Eh bien, Sulpice, nous nous rendons de ce pas à l'hôtellerie, et nous repartirons avec nos amis, en un lieu non moins sinistre que celui-ci !

— Mort-diable ! fit l'écuyer, est-ce donc qu'il y a beaucoup de ces endroits-là aux alentours de Genève ?

— Il paraît, Sulpice !... Mais pressons-nous, car il importe de faire vite...

— Toujours pressé ! grommela l'écuyer.

Quelques instants plus tard, Roselin était auprès de ses compagnons, et ceux-ci, sur les instances du capitaine, se hâtèrent de s'équiper pendant que l'on sellait leurs chevaux. Ensuite, tous quittèrent Genève, avec La Guibolle et Franc-Castor en serre-file.

Mais, cette fois, ils sortirent de la ville par la porte de l'Est.

Il faisait nuit noire...

Les trois gentilshommes marchaient devant et Givry leur racontait les étranges événements auxquels il avait assisté, l'heure d'avant.

Pontréals et La Varenne écoutaient, effarés.

Cette séance de magie, de sorcellerie incompréhensible pour eux, l'évocation qu'en faisait Bel-Cœur les emplissait d'une sorte de superstitieux effroi.

De tout autre que du capitaine, ils n'auraient pas ajouté foi à ce récit fantastique ; et ils demandaient maintes explications.

Roselin leur répondait de son mieux ; mais on sentait bien que lui-même hésitait encore à croire possibles de pareilles pratiques dont il avait pourtant été le témoin.

Cependant, les gentilshommes suivaient une route qui longeait la rive du lac.

De hauts mélèzes se dressaient, noirs et touffus, lugubres d'aspect dans cette nuit silencieuse.

A gauche, tout près, l'eau plane luisait doucement sous les étoiles.

— Brrr ! fit La Varenne, ces histoires démoniaques ne me disent rien qui vaille ! Et tout de même, j'avoue que cela m'attire comme les contes que ma mère nourrice me faisait lorsque j'étais tout petit.

— Oui ! approuve Pontréals... ces histoires de fées bienveillantes et de mauvais génies... Moi aussi, cela me plaisait fort !... J'adorais avoir peur et j'étais étrangement remué en les écoutant ! M'est avis que notre ami Roselin a réveillé en moi le petit garçon...

Tous trois se mirent à rire.

Au même moment, le bruit sec d'un galop résonna dans les ténèbres.

Sur la route, en face d'eux, les cavaliers virent apparaître et croître une silhouette.

Un homme à cheval allait les croiser.

— Ce voyageur paraît bien hâté ! fit Hervé.

— Dame ! à cette heure, il doit se presser de gagner Genève, et un bon lit !

Le cavalier était maintenant à la hauteur des gentilshommes.

En passant auprès d'eux, courtoisement, il souleva son feutre empanaché.

Givry jeta un cri de surprise.

Arrêtant net sa monture, il s'exclama :

— Monsieur de Sancy !

Le cavalier, lui aussi, tira sur le mors de sa bête et parut extrêmement étonné.

— A qui ai-je l'honneur ? commença-t-il...

Mais il maniait difficilement son cheval qui, impatient et nerveux, résistait à la main de son maître.

Bel-Cœur s'approcha :

— Monsieur de Sancy, dit-il, je suis le baron de Givry, et ai déjà eu le plaisir de vous rencontrer à Paris et à Tours.

— Ah ! monsieur de Givry !... En effet !... Je suis charmé ! Comment êtes-vous à Genève ?...

Roselin expliqua.

Harlay de Sancy eût presque dansé de joie sur ses étriers.

— Mordieu ! vous me tirez d'un bien vilain pas !... Si vous saviez quels sont mes ennuis actuellement !... Je désespérais d'en sortir !

— Ils sont terminés maintenant, monsieur, déclara Bel-Cœur. Vos Suisses sont calmés, ils n'attendent plus que vous pour se mettre en route...

— Vraiment ? Soyez béni en ce cas... Votre arrivée a été providentielle !

— Heu ! sourit Givry... Mais l'important, est, pour l'heure, de partir sans retard ! Le roi de France vous attend impatiemment. Et puisque plus rien ne vous arrête, ne différez pas plus longtemps, croyez-moi, et prenez le chemin de Paris.

— Certes, le conseil est bon, dit Sancy ; mais je suis pourtant retenu ici par une autre affaire d'importance aussi, celle-là !

— Je sais, votre diamant !

Sancy eut un geste de surprise.

Roselin reprit :

— Fiez-vous à nous, monsieur, en cette question également. Justement, mes amis et moi partions à la recherche de votre malheureux écuyer Roland.

Harlay de Sancy était de plus en plus ahuri.

Très brièvement, Roselin le mit au courant de tout ce qu'il savait, puis il conclut :

— Laissez-nous donc faire, et, quant à vous, gagnez la France en profitant des dispositions meilleures de vos mercenaires helvétiques... Nous avons encore quelques sacs d'or. Prenez-les, et, grâce à eux, obtenez sur-le-champ l'obéissance de vos troupes.

Sancy réfléchit un moment :

— Soit ! fit-il ensuite, vous avez raison monsieur de Givry ; j'ai tout intérêt à vous écouter. Vous êtes favorisé de la fortune, capitaine Bel-Cœur, et tout ce que vous entreprenez réussit... Ce n'est

pas comme moi, hélas ! car je suis fort malchanceux, en vérité !

Et après avoir encore remercié chaudement Givry et ses amis, Harlay de Sancy prit dans ses fontes et sur lui les sacs d'écus dont Pontréals se dessaisit, puis il s'éloigna vivement vers Genève.

Roselin et ses compagnons reprirent leur route vers la Croix-des-Chemins.

Maintenant, ils traversaient un petit bois de pins qui descendait en pente douce vers le lac Léman.

Les arbres sombres s'étageaient sur le flanc d'une légère colline.

La nuit sous ces ramilles bruissantes, était plus opaque, plus impressionnante encore.

— Vraiment, murmura Pontréals, ce chemin est inquiétant !

— Bah ! fit Bel-Cœur.

— Les coquins ont admirablement choisi l'endroit, grommela Hervé.

Derrière, les écuyers échangeaient, eux aussi, des propos rares, subissant involontairement ces ténèbres, cette solitude, ce mystère qui les enveloppaient.

A la lisière du bois, s'ouvrait un espace nu, désolé, morne.

Une sorte de vallée sauvage où des clartés blafardes apparaissaient, çà et là, jetées par d'énormes pierres blanches.

Le sentier, rocailleux, était à peine tracé... mais Roselin savait qu'il suffisait de suivre la berge du lac pour parvenir au lieu voulu.

D'ailleurs, ils y arrivaient.

A quelque distance d'eux, sur la gauche, tout contre la rive, ils distinguèrent un bouquet de mélèzes.

Au milieu de la tache sombre des frondaisons épaisses, une note plus claire ressortait en vigueur.

La chapelle...

— Nous y voici, murmura Roselin.

— On n'entend rien ! remarqua Guillaume.

— C'est que nous sommes, fort heureusement, arrivés les premiers, dit Givry...

— Eh bien, que faisons-nous ? demanda Hervé.

Bel-Cœur déclara :

— Entrons sous le couvert. Les écuyers cacheront nos chevaux assez loin d'ici, pour que leurs hennissements, par hasard, ne puissent donner l'alarme.

— Et nous ?

— Nous ? Nous attendrons dissimulés

parmi ces buissons de genièvres et de chênes verts...

— Bon ! fit Pontréals... Mais pourvu qu'ils viennent, les autres ! En somme rien n'est certain !

— Si !... prononça Bel-Cœur... Ils viendront... J'en ai le pressentiment, et mes pressentiments ne me trompent jamais.

Les trois gentilshommes avaient mis pied à terre et s'avançaient vers la chapelle.

Sulpice et ses camarades se saisirent des chevaux et les entraînèrent plus à l'avant.

Roselin examina les lieux d'un coup d'œil scrutateur. A quelques toises de la chapelle, un carrefour de trois routes.

— « La Croix-des-Chemins » avait dit Olivia.

Une de ces routes menait à la chapelle et, de là, à travers les mélèzes, descendait au Léman.

Un autre sentier — celui que les Français avaient suivi — continuait tout le long de la berge.

Un dernier, enfin, s'enfonçait vers la plaine, perpendiculairement au lac.

La chapelle dressait ses quatre murs grisâtres, écaillés, où des pierres apparaissaient sous les plâtras effrités.

Des lézardes couraient sur les murailles devant le petit perron dont les marches de pierre étaient craquelées, disjointes, avec de hautes herbes croissant dans les fentes.

Les branches touffues des mélèzes formaient alentour un dôme épais et obscur.

Une végétation broussailleuse poussait à l'abri de ces arbres.

Ronces, églantiers, genièvres, fougères et arbrisseaux divers formaient des taillis qui s'enchevêtraient et où l'on pouvait fort aisément se tapir.

La porte de la chapelle était close.

Faite de chêne solide et garnie de ferrures énormes, elle résista aux secousses des trois compagnons qui essayaient de l'ébranler sur ses gonds. Sur les côtés, les fenêtres, très haut placées et assez étroites, montraient des vitraux brisés et des barreaux de fer qui empêchaient toute escalade.

Derrière, le mur nu, arrondi, farouche...

— Allons ! fit Roselin, attendons ici, puisque aussi bien nous ne pouvons pénétrer à l'intérieur !

La Guibolle et Franc-Castor revenaient avec Sulpice.

Babylas et l'autre écuyer étaient restés auprès des chevaux, à les garder.

Les six hommes prirent leurs dispositions pour attendre, bien cachés, le plus confortablement possible, afin de pouvoir bondir, le moment venu, alertes et dispos.

Ils s'étaient répartis aux alentours de la chapelle, assez éloignés l'un de l'autre pour surveiller de toutes parts, mais assez rapprochés pour rester en communication entre eux.

Des minutes passèrent.

Mille bruits surgissaient, brusquement...

C'était un oiseau de nuit, qui jetait un hululement strident, et dont les ailes ouatées frôlaient les branchages.

Des chauve-souris entraient et sortaient par les fenêtres cassées de la chapelle, avec un vol zig-zaguant et rapide...

Des bêtes traversaient les fourrés, fouissant le sol, grattant les pierres, faisant bruire les feuillages des plantes...

Toute la vie mystérieuse et grouillante des animaux de nuit...

Roselin et ses amis ne bronchaient pas, assistant, muets, à ce spectacle étrange. Et leur impatience croissait à mesure que le temps s'écoulait...

IX

LES ENRAGÉS

Tout à coup, des chouettes s'égaillèrent avec de petits cris peureux.

Des pas résonnèrent.

Un murmure de voix sourdes s'éleva.

Puis, des silhouettes se profilèrent sur le sentier menant à la chapelle.

Six hommes se dressèrent bientôt dans l'étroit espace découvert, devant le porche.

Ils s'arrêtèrent, continuant de parler.

Une voix âpre, rude, hargneuse, prononça :

— C'est la dernière fois que je viens ici ! j'en fais le serment, par les cornes du diable !

— Moi aussi, déclara un autre... J'en

ât assez de revenir sans cesse dans cet endroit terrible !

Un ricanement jaillit.

— Ha ! ha ! Hans ! tu as peur, mon gaillard !

— Oui... fit une autre voix ironique, il doit craindre l'ombre de Roland !

— Raillez ! Raillez ! grommela un des hommes, je ne suis pas un couard et je ne crois pas à grand'chose, Dieu me damne ! mais cette chapelle, et ce cadavre là dedans n'ont rien qui m'attirent. Menteur qui soutiendrait le contraire !

— Et puis, prononça le premier qui avait parlé, fouiller encore ce corps déjà décomposé... Ah ! non... je ne veux plus !...

— Cependant, dit quelqu'un avec brusquerie, il faut en avoir le cœur net ! Ce diamant, on doit le trouver, et on le trouvera...

— Cherchez-le, maître Guttierez ! rétorqua l'autre. Pour moi, si l'on ne découvre rien ce soir, tant pis ! mais je renoncerai au diamant, voilà tout ! D'ailleurs, j'ai déjà abandonné tout espoir là-dessus !

— Certes, approuva un autre, on a cherché consciencieusement, je pense !... Alors, à quoi bon s'acharner en vain ?

— C'est bon, c'est bon, Heinrich ! Taisez-vous tous, et toi, Kristoff, ouvre cette porte !

Roselin écoutait ardemment.

Stanislau et Guttierez !

Il avait reconnu leurs voix.

Et, maintenant, il pouvait distinguer la stature de la brute et la silhouette du thaumaturge.

Les autres hommes devaient être de ces mercenaires, moitié reîtres, moitié bravi, comme on en trouvait dans les armées.

Cependant, Kristoff avait tiré de sa soubreveste une grosse clef et l'introduisait dans la serrure.

La porte de la chapelle tourna en grinçant sur ses pentures, et l'écho de la salle sonore répercuta longuement ce bruit sous les voûtes.

Les six hommes, un à un, y pénétrèrent...

Une lueur fusa ensuite par les vitraux.

Sans doute, dans la chapelle, les bandits avaient allumé un cierge ou une lampe.

Le capitaine se dressa hors de sa cachette.

Comme un éclair, il se précipita vers la porte.

La clef était restée après la serrure.

Bel-Cœur, d'un tour de main, referma la porte et fit tourner le pêne.

Les six misérables étaient emprisonnés...

Aux côtés de Roselin, Pontréals, La Varenne et les deux écuyers avaient surgi.

— Entourez la chapelle ! Je doute que ces coquins puissent fuir ! Mais peut-être y a-t-il une issue que nous n'avons pas vue !

Aussitôt, les quatre compagnons de Givry exécutaient l'ordre que celui-ci leur donnait.

Le baron, lui, était demeuré auprès de la porte, l'épée à la main.

Presque immédiatement, des coups retentirent, frappés de l'intérieur, sur le vantail massif.

— Hé là ! cria la voix de Guttierez. Hé ! qui est là ? Qui a fermé cette porte ?

Roselin ricana :

— Seigneur Guttierez, répondit-il, que vous importe ?... Ne vous troublez point pour cela, vous ne risquez rien, car vous êtes soigneusement gardés !... Continuez donc paisiblement votre honnête besogne.

La voix de Stanislau gronda :

— Qui êtes-vous ? Malheur à vous, l'ami, de vous être mêlé à nos affaires !...

— Ouais ! Des menaces ?... ironisa Givry... Ah ! monsieur Stanislau, quel mauvais caractère vous avez là, en vérité !

— Je le reconnais à sa voix, reprit Stanislau... C'est ce maudit Français, le capitaine de Givry.

— Malédiction ! hurla Guttierez... Nous sommes perdus !... Venez, vous autres... Enfoncez cette porte, il faut sortir d'ici !...

— Je ne vous le conseille pas, braves gens ! cria Roselin. Vous êtes certainement plus en sûreté dedans que dehors.

— Que je sorte d'ici, et je t'étriperai, damné Français ! gronda Stanislau...

— Bah ! j'en doute ! fit Givry... Je ne suis pas seul, Stanislau !... Et d'ailleurs, même seul, je suffirais pour te corriger comme tu le mérites...

Des cris, des vociférations, des menaces, des paroles saccadées, confuses, peureuses, colères, s'entre-croisaient derrière la porte massive.

Les six misérables étaient affolés et auguraient mal de l'aventure !

Roselin perçut la voix de Hans qui disait :

— Ah ! je savais bien que ce lieu nous porterait malheur !

— Tais-toi, chien ! jeta Guttierez... C'est peut-être toi qui nous as trahis !

Des disputes s'engageaient, maintenant, dans la chapelle.

Roselin les domina de sa voix autoritaire.

— Rendez-vous ! déclara-t-il, et, à cette seule condition vous échapperez à la mort... Mais vous ne serez pas libres, cela va de soi, coquins !

— Ah ! ah ! ricana Stanislau, que feriez-vous donc de nous, mon beau sire ?

— Je vous livrerai au juge criminel devant qui vous répondrez de vos forfaits !...

— Merci bien !... mais nous préférons résister, nous avons nos raisons pour cela !

— Vos raisons, cria Givry, c'est que vous avez commis les pires infamies ! Pour la dernière fois, rendez-vous ! Sinon, pas de quartier !

— Viens nous prendre ! rugit Guttierez.

— Soit ! vous l'aurez voulu !

Pontréals et La Varenne, ainsi que les deux écuyers, montaient la garde autour de la chapelle.

Un coup de feu éclata...

Stanislau, d'une des fenêtres, venait de tirer sur Guillaume qui se trouvait près de là.

La balle alla casser une branche, à deux pouces de la tête de La Varenne.

— Nigaud ! fit le gentilhomme.

— Manqué, mordieu ! grommela Stanislau avec rage ? Ah ! tirez donc, vous autres !

D'autres coups de feu éclataient au même moment.

Par les fenêtres, les assiégés venaient de viser Pontréals et les écuyers.

Hervé reçut une balle dans le mollet, blessure peu grave, heureusement.

Par prudence, les gentilshommes et leurs serviteurs s'abritèrent dès lors derrière les troncs des mélèzes.

Riposter était impossible.

Les fenêtres, hautes et étroites, défendaient les bandits et les protégeaient contre les coups de pistolet, comme des meurtrières.

Roselin, à l'entrée de la chapelle, sommait en vain les assassins de se rendre. Ils lui répondaient par des injures, des menaces et des hurlements de dérision.

Ces gens, se sentant perdus, seraient évidemment prêts à tout risquer, en vrais démons qu'ils étaient.

Férocement, ils continuaient à tirailler comme des enragés sur les gentilshommes et leurs compagnons.

Franc-Castor et La Guibolle avaient imaginé de grimper sur des arbres placés en face de deux des fenêtres de la chapelle ; et, de ce poste, ils répondaient aux coups de feu des assiégés.

Mais Roselin leur intima l'ordre de descendre de leur perchoir, car ils y étaient trop exposés aux balles des bandits.

Que faire ?

Bel-Cœur s'énervait à constater son impuissance à réduire les assiégés dans leur forteresse.

Entrer dans la chapelle ?

Le moyen était risqué... Dissimulés dans l'édifice, abrités derrière quelque pilier ou quelque stalle, les misérables pouvaient abattre ceux qui se dresseraient sur le seuil.

C'était peut-être la mort pour Roselin et ses amis.

Il fallait donc trouver autre chose.

Mais quoi ?...

Et Bel-Cœur cherchait frénétiquement dans sa cervelle, torturait sa mémoire, explorait ses souvenirs, faisait appel à toute sa tactique, essayait de se rappeler les ruses employées naguère en Poitou, en Saintonge, à l'époque de la bataille pour les places fortes et de la guerre des Amoureux.

X

DE LA FUMÉE QUI N'EST PAS DE L'ENCENS

Roselin avait fait le tour de l'édifice, cherchant le moyen de forcer les bandits.

Soudain, derrière la chapelle, sur la

berge du lac, il vit un gros tas de branchages, rassemblés là, sans doute, par quelque pauvre hère qui venait faire sa provision de combustible pour l'hiver, aux dépens des bûcherons.

Une idée subite germa dans le cerveau de Bel-Cœur.

Appelant Franc-Castor et La Guibolle, il leur ordonna de se saisir de ces fagots et de les disposer autour de l'église, sous les fenêtres.

Les deux copains obéirent aussitôt, comprenant le plan du capitaine.

Sulpice vint se joindre à eux ; et, bientôt, un énorme amas de branches et de feuilles sèches fut amoncelé, empilé sous les ouvertures.

Sur l'ordre de Givry, Sulpice y mit le feu...

La Guibolle et Franc-Castor s'occupaient de casser des ramilles de pins et de mélèzes et de les lancer dans le brasier.

Une immense fumée s'éleva.

Des colonnes noirâtres montèrent vers les vitraux, s'y engouffrèrent.

Au dedans, les autres ne pouvaient rien pour parer à ce péril.

Les verrières, brisées dans leurs châssis de plomb fondu, laissaient pénétrer la fumée qui, envahissant de plus en plus l'intérieur de la chapelle, commençait à étouffer ceux qui y étaient enfermés.

Des jurons furieux retentirent d'abord, haletants et grossiers, sacrilèges en ce sanctuaire.

Puis des cris, des insultes forcenées...

Et des plaintes suivirent, des exclamations d'effroi des appels...

— Au nom du ciel ! Grâce ! Grâce !... criaient d'une voix apeurée les misérables.

On entendait cependant Stanislau et Guttierez exhorter leurs compagnons à plus de courage, les menacer de les tuer comme des chiens ; mais ceux-ci affolés de plus en plus, n'écoutaient rien.

Les imprécations de rage se mêlaient aux cris de douleur et d'épouvante, aux prières étouffées...

— Entr'ouvre la porte, Sulpice ! commanda enfin Roselin.

— Mais...

— Fais, te dis-je. C'est le moment !

L'écuyer obéit.

Roselin, La Varenne et Pontréals, tenant haut les pistolets, s'apostèrent aux abords du porche.

Durant ce temps, La Guibolle et Franc-Castor, charbonniers émérites, s'activaient à entretenir le foyer.

A peine le lourd vantail de chêne fut-il entre-bâillé, qu'une silhouette se dressa à l'entrée, indistincte presque au milieu des nuages épais qui emplissaient toute la chapelle.

L'homme, les mains au visage pour préserver ses yeux, se précipita vers la sortie.

D'un coup de feu, Pontréals l'abattit...

Le corps roula sur les marches et vint tomber aux pieds des gentilshommes.

C'était un des comparses de Guttierez, celui que l'on appelait Heinrich.

Presque tout de suite après, deux autres apparurent se présentant ensemble dans l'entre-bâillement enfumé.

Ils se bousculèrent pour passer. Sauve qui peut !...

Et tous deux furent en même temps hors de l'édifice.

La Varenne visa et tira.

L'un des deux hommes chancela, fit encore quelques pas en courant, puis chut sur le sol en tournoyant.

L'autre, atteint par une balle de Roselin, poussa un cri terrible et s'affaissa, inanimé, sur les degrés de pierre.

Bel-Cœur se précipita vers lui.

— Stanislau ! s'exclama-t-il... Ah ! celui-là a son compte !

L'autre était Kristoff, mort aussi.

Restaient encore trois des bandits, entre autres Guttierez.

Ceux-ci, ayant entendu les coups de feu, se gardèrent bien de sortir.

Tapis près de la porte d'entrée, ils pouvaient recevoir un peu d'air... respirer parcimonieusement. Mais leur situation demeurait des plus critiques.

— Grâce, messeigneurs ! hoqueta l'un d'eux.

— Grâce ! Nous nous rendons à merci, ajouta le second.

— Trop tard ! répliqua Bel-Cœur.

Et, comme les trois coquins ne se décidaient point à sortir de la chapelle, Roselin et ses amis se résolurent à y entrer eux-mêmes, pour les en déloger, les débucher, en terme de chasse.

Ce fut une irruption soudain.

Surpris, les trois lâches tombèrent à genoux.

Seul, Guttierez essaya de résister.

Il tira sur Roselin, mais son pistolet rata.

Un coup d'épée de Bel-Cœur jeta bas le misérable bourreau d'Olivia.

La Varenne et Pontréals avaient également expédié les deux autres.

A présent, les six bandits étaient arrivés dans l'autre monde.

Givry fit ouvrir la porte toute grande pour que l'air se renouvelât dans la chapelle et que la fumée s'échappât.

La Guibolle et Franc-Castor éteignirent les brassées grésillantes.

Sulpice alluma tous les luminaires qu'il put découvrir dans le saint lieu.

Et bientôt, une clarté assez vive emplit le vieil édifice ruiné.

Alors, Roselin et ses compagnons se mirent à la recherche du cadavre de l'infortuné écuyer de Sancy.

Ce fut Roselin qui le trouva.

Roland gisait derrière l'autel...

Le corps était déjà à demi décomposé, et l'odeur avait révélé à Bel-Cœur la présence du cadavre.

Les vêtements du pauvre écuyer étaient déchirés par les lames des poignards homicides ; de larges taches de sang maculaient l'étoffe.

Givry se découvrit avec respect devant cette lamentable dépouille.

Il admirait le dévouement exemplaire de ce bon serviteur, mort obscurément pour ne pas livrer le bien de son maître.

Le trésor de Harlay de Sancy, n'était-ce pas, en l'occurrence, le trésor de la France ?

Cet argent représenté par le joyau n'était-il pas destiné à payer les mercenaires du roi Henri III ?

— Dors, pauvre Roland ! murmura Roselin attristé, dors en paix ! Ton noble sacrifice n'aura pas été vain puisque tes misérables assassins n'ont pu découvrir le diamant dont tu avais la garde et que tu as fidèlement conservé.

La Varenne et Pontréals rejoignaient le capitaine.

Tous trois, émus en présence du cadavre de cet humble héros, de ce martyr du devoir, ne savaient à quoi se résoudre.

Le premier, Hervé murmura :

— Alors, Roselin, que faisons-nous ?

Givry répondit :

— Olivia assure que Roland a toujours sur lui le diamant de Sancy... Je la crois.. Elle ne peut se tromper... Il s'agit de le découvrir !

— Hum ! fit Guillaume... Fouiller ce pauvre Roland que les mains de ses assassins ont déjà tant de fois profané... En aurons-nous le courage ?

— Non, convint Bel-Cœur... Ce serait d'ailleurs inutile, évidemment ! car les autres ont dû pratiquer de consciencieuses recherches, et là où ils ont échoué, nous ne trouverions rien nousmêmes.

— Alors ? questionna Hervé avec surprise, que disais-tu tout à l'heure ? Tu prétendais croire que le diamant était bien sur ce malheureux garçon ?...

— Il y est !... affirma Roselin... Mais ce n'est pas ici que nous pourrons nous en rendre compte. Pour l'instant, il nous faut quitter ces lieux maudits. On transportera le corps de Roland à Genève.. Là-bas, j'éclairerai ce mystère.

Pontréals ouvrit de grands yeux ahuris, de même que La Varenne ; mais ni l'un ni l'autre ne dit mot.

Ils avaient l'habitude de respecter les projets de Bel-Cœur, leur chef, malgré sa jeunesse.

Cependant, ils ne comprenaient rien et ne devinèrent point.

Sulpice était allé déjà chercher les chevaux.

Aidé de Babylas, il plaça le corps de Roland sur une des bêtes.

Puis, tout le monde sauta en selle, et le cortège macabre se mit en route dans la direction de la ville.

La nuit s'achevait... Là-bas, à l'est, naissaient les blancheurs de l'aurore.

Les cavaliers ne rencontrèrent âme qui vive. On eût dit que ce terrible combat avait fait le néant...

XI

LE SECRET DU CADAVRE

Vers trois heures du matin, Roselin et ses compagnons étaient rentrés à leur hôtellerie. Le cadavre de Roland fut transporté dans une des chambres.

Bel-Cœur envoya Franc-Castor au camp des Suisses prévenir Harlay de Sancy et le prier de se rendre auprès de lui.

Le gentilhomme accourut aussitôt.

A la vue du corps de son fidèle écuyer, l'envoyé de Henri III fut atterré... frappé de désespoir.

— Mon pauvre Roland ! s'écria-t-il... Est-ce ainsi que je devais te revoir ? Moi qui voulais espérer encore, malgré tout, que tu étais en vie, que je te retrouverais brave et dévoué, comme toujours !

Agenouillé au chevet du lit, le noble gentilhomme pria pour son loyal et bon serviteur.

Quand M. de Sancy se releva, deux larmes brillaient dans ses yeux.

— Ah ! murmura-t-il, je préférerais la perte de mon diamant à la mort de mon brave Roland !

— Hélas ! fit Roselin, votre écuyer vous est à jamais ravi, messire ! mais vos affectueuses paroles doivent réjouir son âme si digne de votre amitié... Quant au diamant, Roland en est resté le fidèle gardien, je vous l'assure.

— Que voulez-vous dire ?... s'étonna Sancy... Le malheureux a été victime de son dévouement à son maître. On lui a arraché le joyau que je lui avais confié, mais on n'a pu le lui ravir qu'en lui enlevant aussi la vie !

— Non ! assura Roselin. Roland a gardé au-delà de son existence le dépôt précieux que vous lui aviez confié !

— Le diamant ? s'écria Harlay...

Sans répondre à cette question, Roselin demanda :

— Vous qui êtes à Genève depuis quelque temps déjà, monsieur de Sancy, ne connaîtriez-vous pas, en cette ville, un médecin discret et habile ?

— Oui... peut-être...

— Son nom ? Son adresse ?...

De plus en plus interdit, mais se rendant à la prière de Givry, Harlay répondit :

— Ici près, au-dessus de la boutique d'un boucher, loge un médecin français, maître Robert Chabrillan.

— Un Français ? s'exclama Roselin.

— Oui... et fort adroit praticien ; c'est un chirurgien réputé qui a quitté la France à la suite de l'édit de Nemours, parce qu'il était huguenot...

— Oui ! murmura Bel-Cœur, la France a, de la sorte, perdu beaucoup de ses enfants, et des meilleurs, des plus savants, des plus nécessaires ! Enfin, là n'est pas la question en ce moment !...

Il appela La Guibolle et lui ordonna d'aller éveiller le médecin et de l'amener au plus tôt.

— Recommande-toi du nom de M. de Sancy, prescrivit Roselin à son messager, et dis à maître Chabrillan de se munir de ses instruments chirurgicaux.

La Guibolle partit sur-le-champ.

Quelques minutes plus tard, il revenait en compagnie d'un homme d'une quarantaine d'années, à l'air distingué et grave.

Des cheveux déjà grisonnants surmontaient un visage régulier, froid, aux traits énergiques, où luisaient deux yeux observateurs, intelligents et doux.

C'était maître Robert Chabrillan.

Il reconnut M. de Sancy, le salua courtoisement et lui dit qu'il venait se mettre à sa disposition.

— Non, maître, dit Harlay avec la même urbanité, ce n'est point moi qui ai besoin de vos précieux offices.

Et, désignant Bel-Cœur, il ajouta :

— Mon ami M. le baron de Givry va vous expliquer ce qu'il attend de vous.

Chabrillan s'inclina devant Roselin.

— Maître, dit celui-ci, la requête que je vais vous adresser vous paraîtra des plus surprenantes, des plus étranges... mais vous comprendrez les raisons et le but qui l'inspirent.

— Parlez, messire, prononça avec déférence le médecin.

Faisant un pas de côté, Roselin découvrit le corps livide de Roland allongé sur le lit.

— Voici, dit-il, un cadavre, celui d'un admirable serviteur, mort pour défendre un trésor à lui confié par son maître M. de Sancy...

Chabrillan marcha vers la couche funèbre.

— Oui, fit-il, cet homme a d'horribles blessures. Il a dû lutter vaillamment !

— Or, reprit Roselin, le trésor dont il s'agit — un diamant de valeur inestimable — n'est pas tombé en la possession des assassins du noble Roland... Ce diamant, m'est avis que Roland l'a avalé pour empêcher les misérables de s'en emparer...

A ces mots, Sancy jeta une exclamation de stupeur, ainsi que Pontréals et La Varenne.

Aucun, en effet, n'avait envisagé l'éventualité que venait d'émettre si catégoriquement le capitaine Bel-Cœur.

Mais tous trois, maintenant, commençaient à penser qu'il pouvait bien avoir raison.

Le mire demanda :

— Qui vous fait croire, monsieur, que ce malheureux a avalé le joyau ?

— Pour le soustraire aux voleurs ?... D'abord son inébranlable fidélité, son dévouement indéfectible, toutes choses dont M. de Sancy pourra se porter garant... En outre, les assassins, par trois fois, sont revenus fouiller le cadavre, dans l'espoir de découvrir le diamant qui leur échappait.

— Mais... ne peut-il s'en être débarrassé avant ?

— Non !... Je suis sûr qu'il l'a sur lui... en lui, plutôt... Et c'est pour cela, maître, que votre ministère nous est nécessaire à cette heure.

— Que puis-je donc, messire ? questionna le médecin.

— Tout ! déclara Roselin gravement... Et vous seul le pouvez.

— Que voulez-vous dire ? balbutia Chabrillan, subissant malgré lui l'ascendant de ce jeune homme, — de cette force.

Hardiment, Bel-Cœur prononça :

— Je voudrais, maître, que vous consentissiez à pratiquer l'autopsie de ce cadavre !

Tous les assistants eurent un sursaut d'horreur.

Harlay de Sancy ne put réprimer une exclamation d'effroi douloureux.

Seul, le médecin demeura impassible.

Il hésita, puis répondit :

— Messire, c'est là une chose fort grave, vous vous en doutez ?... Les lois défendent cette pratique, aussi bien les lois divines que les lois humaines... Pour procéder à l'autopsie d'un cadavre, il faut un ordre des juges, et seulement lorsque l'on veut rechercher les traces d'un crime par empoisonnement.

— Je sais, maître, fit Roselin... Mais le cas est très spécial... Il nous est impossible de nous adresser, en l'occurrence aux Tribunaux de Genève... D'ailleurs, peut-être refuseraient-ils leur consentement...

— Vous voyez bien ! prononça Robert Chabrillan.

— Sans doute ! Mais vous êtes Français, maître ! et le diamant de M. de

Sancy a un prix fabuleux ! L'argent retiré de l'engagement de ce joyau devait servir à payer les soldats suisses levés pour le roi de France et le roi de Navarre... afin de combattre la Ligue... Rendez-vous compte de ce que votre intervention peut amener... De votre refus ou de votre acceptation dépendent le sort d'événements considérables pour notre pays... et, Français, vous ne pouvez demeurer inaccessible à cette perspective !

— Français !... fit Chabrillan en souriant tristement... Hélas ! je n'ai plus le droit de l'être désormais... puisque l'on m'a banni de France !

— Allons donc ! s'écria Roselin, vous êtes resté Français, maître, j'en suis sûr !... On n'oublie jamais la France, — la douce France, — lorsqu'on a été porté dans ses entrailles... Et vous, protestant, vous devez, en plus, soutenir vos frères de France qui luttent contre les Ligueurs !

Chabrillan demeura muet, pensif, agité.

A la fin, il déclara gravement :

— Et si j'acceptais... savez-vous, messire, que je risque ma vie dans le cas où les juges de ce pays apprendraient...

Givry l'interrompit.

— Maître, vous avez notre parole de gentilshommes que rien de ce qui se passera ici ne sera connu ailleurs... Rien ! je le jure par mon épée !

Pontréals, La Varenne et Harlay de Sancy joignirent leurs assurances à celle du capitaine Bel-Cœur.

Alors, sans un mot, Chabrillan se défit de son manteau, plaça sur une table un paquet qu'il ouvrit.

C'était une boîte contenant sa trousse de chirurgien.

Il releva ses manches, fit ses préparatifs et, tourné vers les quatre gentilshommes qui le regardaient, immobiles, il leur dit :

— Messires, veuillez me laisser seul... Le spectacle d'une autopsie est chose macabre, et il est préférable que vous vous retiriez...

— Mais, risqua Roselin, pourrez-vous seul, sans aide...

— N'ayez crainte, répondit Chabrillan en souriant, tout ira fort bien !

Roselin et ses amis passèrent dans une chambre voisine.

Sancy était violemment ému, et ses trois compagnons se sentaient, eux aussi, troublés et anxieux.

Les minutes s'écoulèrent, longues, interminables...

De la chambre où le médecin était resté seul avec le cadavre, aucun bruit ne parvenait.

Enfin, la porte s'ouvrit.

Chabrillan apparut sur le seuil.

Il tendait sa main droite, dans la paume de laquelle brillait un diamant d'une invraisemblable grosseur, d'un éclat merveilleux.

— Voici le joyau, dit-il.

Roselin poussa une exclamation de joie...

Sancy s'était précipité, examinait la pierre avec attention.

— Oui, murmura-t-il, c'est bien là mon diamant... Mon pauvre Roland, que de reconnaissance je lui dois !

La Varenne et Pontréals demandèrent au médecin :

— Ainsi, l'écuyer avait avalé le joyau ?

— M. de Givry avait bien préjugé... J'ai retrouvé ce diamant dans l'estomac.

— Maintenant, maître, hésita un peu le baron, que nous devons-vous pour...

— Rien, messire ! répondit-il, je ne veux rien... Je suis heureux d'avoir pu vous rendre service, et surtout, d'avoir contribué à servir ma patrie bien-aimée.

Sa voix tremblait en prononçant ces derniers mots.

Roselin touché par ce noble langage, tendit sa main à l'homme de science.

— Maître, dit-il, je vous promets, si vous le désirez, de tout faire auprès du roi pour vous permettre de rentrer en France quand il vous plaira.

— Merci, fit Chabrillan avec émotion... Mais je ne puis accepter... Trop de choses douloureuses me ressaisiraient, là-bas... Laissez le proscrit en cette terre de liberté... et croyez qu'il y songe souvent à son pays qu'il chérit toujours !

Les gentilshommes s'inclinèrent avec respect devant cet homme si fier et si digne.

Et le médecin se retira, silencieusement.

Après quelques minutes d'entretien, Sancy déclara qu'il allait s'occuper de faire inhumer le corps de son écuyer.

— Non, mon cher ami, dit Givry. Re-tournez au camp et partez au plus tôt pour la France avec votre armée... Nous, ici, nous nous occuperons de rendre les derniers devoirs à votre noble serviteur.

Le jour était venu, éclatant, magnifique.

Harlay de Sancy, rentré en possession de son trésor, regagna le camp des Suisses.

Pendant ce temps, Givry et ses amis préparèrent tout pour les obsèques de Roland, le modeste héros.

Dans la matinée même, le corps du brave écuyer alla enfin reposer en terre chrétienne et bénite.

Désormais, son éternel sommeil ne serait plus troublé...

La triste cérémonie achevée, Roselin résolut de se rendre auprès d'Olivia.

XI

LE DIAMANT

Au moment où Bel-Cœur allait sortir de l'hôtellerie, Sancy apparut agité, trépidant.

Puis, par une réaction subite, il tomba, consterné, sur un siège.

— Qu'y a-t-il donc ? demanda Roselin, inquiet.

— Ah ! mon ami, les Suisses, ces forbans, ne veulent plus partir !

— Comment cela ?

— Ils prétendent que les sommes qui leur ont été distribuées par vous, puis par moi ne couvrent qu'à peine la paye arriérée...

— Est-ce vrai ?

— Eh ! oui...

— Diable !... fit Roselin, assombri.

— Et ils exigent, maintenant, un nouveau versement d'entrée en campagne... Leur porte-parole, un des chefs, d'ailleurs, un nommé Merlibert, m'a déclaré net tout à l'heure que, faute de toucher une somme à peu près égale à celle qu'ils ont déjà perçue, ses camarades refusaient de ce mettre en route.

— Evidemment, déclara Givry, ces ces gens à se méfient. On les a montés, à n'en pas douter !... D'ailleurs, moi-même j'ai surpris, en arrivant au camp, l'autre matin, des conciliabules où certains meneurs leur prodiguaient des conseils qu'ils mettent à profit aujourd'hui.

— Que faire ? murmura de Sancy, atterré... Avec tous ces ennuis successifs, je finis par désespérer et je ne sais plus à quoi me résoudre...

— Il ne reste plus rien des écus d'or que j'ai apportés, n'est-ce pas ? demanda Bel-Cœur.

— Plus rien, mon ami !... J'ai donné le reste ce matin même, et c'est précisément après cette distribution que Merlibert m'a fait part des nouvelles exigences des mercenaires.

— Ma foi ! dit Roselin, il faut payer... et le plus tôt possible ! Assez de temps a été perdu !... Il importe que ces gens soient en France sans retard. Là-bas ils recevront leur solde régulièrement et, d'ailleurs, seront occupés à se battre, tandis qu'ici leur oisiveté est mauvaise conseillère !

— D'accord ! convint Sancy ; mais... pour les payer, il faut de l'argent... et je n'en ai pas !...

Roselin grommela :

— C'est une raison majeure, bien sûr... et le cas se complique !

Soudain, Givry s'écria :

— Mais !... et le diamant ?

— Le diamant ? répéta Harlay, interdit.

— Oui, votre joyau recouvré... Puisque, déjà une première fois, avant mon arrivée à Genève vous vous étiez décidé à le mettre en gage pour verser quelque argent aux récalcitrants, peut-être accepterez-vous de l'engager de nouveau ?

— Certes ! de grand cœur ! s'exclama Harlay. Je n'y avais point songé, ma parole ! Mais aussi, je perds la tête avec toutes ces complications !...

— Ainsi, vous consentez à le mettre en gage ?

— Mille fois oui !... Seulement il faudrait quelqu'un de sûr pour le porter chez le joaillier Rosario... Depuis le triste trépas de mon pauvre Roland, je...

Roselin l'interrompit.

— Bah ! cela n'est rien ! Je me chargerai de la commission, si vous voulez bien me la confier.

— Comment ! vous... un gentilhomme, vous iriez ?...

— Et pourquoi non ?... Cela n'a aucune importance ! fit superbement Bel-Cœur en chiquenaudant un grain de poussière sur sa manche.

— Alors, mon cher Givry, voici le diamant !

Et tirant la pierre de sa poche, Sancy la tendit au capitaine.

— Parfait ! dit celui-ci en l'enfouissant dans son pourpoint... Cette fois, Guttierez et Stanislau ne viendront point le prendre !

Et en riant, il ajouta :

— En tous les cas, mon ami, s'il m'arrivait malheur, à moi aussi, vous savez où retrouver votre gemme, n'est-ce pas ?

— Où la retrouver ? répéta Harlay, interloqué.

— Eh ! riposta Bel-Cœur, dans mon estomac, parbleu !... J'imiterai le geste de votre pauvre Roland. Il ne vous resterait plus, dès lors, qu'à aller déranger une fois encore maître Chabrillan, le mire !

Harlay, gravement, s'écria :

— Oh ! ne plaisantez pas ainsi !... Vraiment, je commence à croire que cette pierre a un mauvais sort.

Et comme Givry ouvrait de grands yeux stupéfaits :

— Oui, reprit Harlay, il est des diamants et des pierreries qui portent malheur ! Quelques-unes ont une sombre et dramatique histoire.

— Allons ! railla Roselin, voici que vous devenez superstitieux, mon cher !... Soyez tranquille ! Je pars incontinent et vous rapporterai ce soir même la somme que me versera le juif Rosario.

— Dieu vous entende ! murmura Harlay, gagné par cette confiance.

Il quitta Roselin pour retourner au camp, promettre aux Suisses qu'ils seraient payés le soir même.

Resté seul, Roselin appela Sulpice, Franc-Castor et La Guibolle, et, en leur compagnie, se dirigea vers la demeure du joaillier portugais qui habitait dans le quartier de l'Arsenal, le plus vieux de la ville, remarquable par ses maisons aux façades poutrellées.

Rosario se trouvait dans sa boutique, au milieu d'un attirail hétéroclite où la bijouterie n'entrait que pour une faible part. Il y avait de tout dans ce capharnaüm au plafond duquel un aigle empaillé prenait son essor immobile.

A l'entrée de Givry il découvrit son crâne nu et poli comme une boule d'ivoire ; puis, remettant sa calotte de velours, il examina le diamant qu'on lui montrait.

Il l'analysait, pour ainsi dire, de son regard aigu, le soupesait, le flairait de son nez busqué, l'admirait avec une mine gourmande.

Roselin expliqua ce qu'il désirait.

Rosario fit la moue.

Il consentait à acheter le diamant, mais refusait de prêter sur ce gage.

Bel-Cœur arriva néanmoins à le convaincre, et Rosario consentit à avancer 80.000 écus d'or.

Il alla chercher la somme, enfouie dans un coffre de cuivre bardé d'acier.

Cela fait, il établit un reçu bien en règle, avec mention que, dans le délai de un an, le diamant serait retiré par le propriétaire contre paiement de 85.000 écus.

Comme on le voit, le digne joaillier était, en même temps, un usurier habile. Mais Roselin ne marchanda pas.

Nanti des sacs d'or, il reprit, avec ses trois compagnons, le chemin de l'hôtellerie.

Le soir même, M. de Sancy apportait l'argent au camp, le distribuait aux Suisses ravis, et décidait de partir sur-le-champ pour la France.

Les mercenaires, confiants maintenant, ne protestèrent point et se préparèrent joyeusement au départ, au milieu des fanfares du rappel.

Et, à la tombée du jour, les dix mille hommes se mettaient en marche en chantant.

Ils allaient se battre désormais pour le roi de France et le roi de Navarre, et ils acclamaient frénétiquement les deux souverains auxquels ils venaient de vendre leur vie !

TROISIÈME PARTIE

LA CONQUÊTE

I

DISPARUE...

Bel-Cœur, au même moment, prenait la route de la petite maison de Stanislau.

Il lui tardait de retrouver Olivia.

Vingt-quatre heures, presque, s'étaient déjà écoulées depuis leur rencontre de la veille.

Qu'avait fait la jeune fille pendant tout ce temps ? Quelles affres elle avait dû connaître !...

Mais c'était fini désormais. Guttierez et Stanislau tués, Olivia allait vivre des jours heureux.

Car Roselin était bien résolu à accomplir sa promesse, à l'amener en France avec lui, à la rendre à ses parents, par l'entremise de Mme d'Epernon, sa protectrice.

Accompagné du seul Sulpice, Bel-Cœur marchait à vive allure.

Il aperçut enfin la sinistre masure des bords du lac.

Le calme régnait alentour.

Pas de lumière...

Aucun bruit...

Rien qui décelât une présence humaine.

C'était le même aspect morne que le jour précédent.

Instinctivement, le cœur de Roselin se serra.

— Décidément, ce lieu m'indispose étrangement !... bougonna-t-il. Cependant, morbleu !... je ne crois pas être poltron !

Sulpice qui avait entendu, prononça :

— Ah ! monsieur, je n'ai presque rien vu de Genève ; mais, en vérité, le souvenir que j'en conserverai sera bien peu attrayant ! La Croix-des-Chemins, ce lieu ici, et le camp des Suisses !... brrr !...

Roselin sourit.

— Demain nous serons loin d'ici, Sulpice...

— Vive Dieu ! j'en serai ravi, monseigneur !...

— Nous voici arrivés, mon ami... Attends-moi par ici, car je préfère entrer seul là dedans !

— Que Votre Seigneurie m'appelle, dans le cas où...

— Bah ! ce soir, il n'y a plus rien à craindre ! fit joyeusement le capitaine.

Et, sautant de son cheval,, il se hâta vers la maison.

Il fit le tour par la façade du lac.

La porte était entre-bâillée... comme pour une invite.

Il entra.

Dans le couloir, des ténèbres hostiles l'accueillirent et un froid glacial lui paralysa les épaules.

— Où est Olivia ?... se dit Roselin, inquiet.

Il tâta les murs, avança toujours en promenant les mains sur la pierre et, bientôt rencontra le bois d'une porte.

Il trouva le loquet, le souleva d'un mouvement impatient.

La salle qu'il ouvrit était noire, aussi...

Cependant, c'était celle où Olivia eut dû se tenir, celle où elle était, la veille, quand il l'avait quittée pour courir à la Croix-des-Chemins.

Roselin pénétra résolument dans cette chambre.

Il alla dans la pièce voisine qui lui avait servi de cachette durant la séance étrange.

Rien !... Personne !... et le silence le plus complet.

Pas de doute : cette maison était vide.

Alors, Givry se décida à appeler Olivia.

L'écho de sa voix, seul, lui répondit.

Le baron se décida à faire de la lumière.

A l'aide de son briquet, il enflamma un morceau de chiffon, puis une lampe de cuivre accrochée au mur.

La pièce lui apparut en un désordre indescriptible.

Les escabeaux et la table étaient renversés...

Un rideau pendait, déchiré, à la fenêtre...

Un tapis, piétiné, roulé en boule, presque, portait des traces de sang...

Du sang, il y en avait encore sur le bois de la table, à un endroit de la muraille et sur le parquet.

Le capitaine Bel-Cœur courut à la porte extérieure.

— Sulpice ! Sulpice ! appela-t-il.

Un instant plus tard, l'écuyer surgissait, tout bouleversé.

A la vue de son maître, seul et valide, il balbutia :

— Oh ! Monsieur ! que j'ai eu peur !... J'ai cru que l'on vous massacrait ici !

— Il s'agit bien de moi !... fit Bel-Cœur, sombre et agité.

Il montrait la chambre saccagée et souillée de sang.

— Tu vois qu'on s'est battu, ici... Pire, peut-être ! On a tué, sans doute !... Et c'est Olivia, c'est elle que l'on a tuée !

Sulpice regardait, furetait, flairait comme un chien de chasse.

— Tenez, monsieur ! s'écria-t-il, voici un mouchoir... il est joli, ma foi !... avec de la dentelle... Ce doit être à une femme, sûrement...

— Donne !... dit précipitamment le capitaine.

Sulpice tendit le carré d'étoffe qu'il venait de ramasser.

Le mouchoir était humide et portait deux petites déchirures dans un angle.

La lettre « O » s'y détachait, brodée en relief.

— C'est à elle !... balbutia Roselin, étrangement remué.

Sulpice continuait ses investigations patientes.

— Ah ! s'écria-t-il tout d'un coup, et ceci, monsieur ?

Et il montrait à son maître une boucle de métal.

— C'est une boucle de baudrier, constata Roselin.

— Mais voyez ce qui est après...

Givry regarda attentivement.

— Des cheveux ! dit-il, surpris.

Auprès de la lampe, il examina l'objet auquel étaient accrochés cinq ou six cheveux blonds, fins et bouclés.

— Des cheveux d'Olivia ! s'exclama-t-il avec émotion... Ah ! j'ai peur de deviner ce qui a dû se passer !... Quel fut ce drame ?

Il contemplait ces cheveux dorés et flous, et les serra enfin avec le mouchoir.

Mais Sulpice, inlassable, continuait toujours ses recherches minutieuses.

Lentement, avec soin, il déroula le tapis et, d'un des plis, quelque chose tomba à terre...

Un papier, froissé...

Roselin le déplia, en hâte.

Quelques lignes d'écriture apparurent.

Il s'approcha de la lampe et lut tout haut :

« Si vous venez ce soir, messire, ne
« vous étonnez point de mon absence.
« Je ne puis rester ici... J'ai peur, toute
« seule en cette maison !... Je serai chez
« le passeur, à une demi-lieue d'ici, sur
« la droite, au bord du lac... Venez m'y
« retrouver... Je vous y attendrai. Car
« j'espère que je vous reverrai, messire...
« de tout mon cœur !

« OLIVIA »

Roselin relut deux, trois fois ce billet.

Il était écrit en français, très purement.

Nul doute qu'il n'émanât de la jeune fille : l'écriture, d'ailleurs, décelait une main de femme.

Mais pourquoi était-il froissé, jeté à terre, dans un pli du tapis ?

— Allons chez ce passeur ! décida Roselin sur-le-champ.

— Il serait peut-être utile, auparavant, de fouiller toute la cambuse, émit Sulpice...

— Si tu veux... Reste là et continue tes recherches... Moi, je cours là-bas... S'il n'y a rien, je reviendrai te retrouver ici... Toi-même, si tu ne découvres rien en ce logis, rejoins-moi chez le passeur.

Bel-Cœur sortit.

Il enfourcha son cheval, le lança au galop à travers la nuit.

En quelques instants, il eut franchi la demi-lieue qui séparait les deux maisons et arriva devant la cabane du passeur.

Elle se dressait au bord du lac, sur un petit plateau qui surplombait la rive.

Roselin heurta à la porte.

On ouvrit aussitôt.

A la clarté d'une lampe fumeuse, le capitaine vit devant lui un homme de quarante ans environ, de mine honnête et franche, simplement vêtu, et qui le salua respectueusement.

— C'est pour passer, messire ? demanda-t-il aussitôt.

— Non ! fit vivement Roselin de Givry... Ecoutez...

Il était entré.

Autour de la table, deux enfants étaient assis, en train de manger une maigre pitance.

Une fillette de douze ans, environ, pâle, menue, souffreteuse ; un garçonnet de cinq à six ans.

Un autre couvert indiquait la place du père qui avait interrompu son repas pour ouvrir au visiteur.

Roselin avait remarqué tout cela d'un seul coup d'œil.

Revenant au passeur, il questionna brièvement :

— Connaissez-vous Mlle Olivia ?

— Oui ! fit le bambin, avec l'impulsion de son âge.

Les yeux de la fillette luisirent.

Le passeur répondit.

— Nous la connaissons... et nous l'aimons bien, ici... C'est donc de sa part que vous venez, mon gentilhomme ?

— Comment ! s'écria Roselin, elle n'est pas ici ?

— Non, messire...

— Mais elle y est venue ?

— Elle est venue hier !... cria le garçonnet.

— Vous entendez, messire ? mon petit Claude dit que Mlle Olivia est venue hier... Je ne l'ai pas vue, parce que j'étais sur le lac, comme tous les jours.

— Mais aujourd'hui ?...

— Aujourd'hui, je viens de rentrer...

A ce moment, la fillette prononça doucement :

— Moi, je l'ai vue ce matin, Olivia !

Bondissant vers l'enfant, Givry la saisit par le bras.

— Tu l'as vue, dis-tu ? Où donc ? Comment ? Raconte !... Parle vite !... Je t'en prie, mon enfant... et je te bénirai !

— Je passais près de sa maison... J'ai entendu des cris... et la voix de ce grand vaurien de Stanislau, l'âme damnée de Guttierez.

— Allons donc ! tu t'es trompée ! tu auras cru reconnaître sa voix.

— Non !... puisque je l'ai vu !

— Tu l'as vu ? Tu as vu Stanislau ? s'écria Bel-Cœur.

— Oh oui ! je le connais bien ! Et je l'ai parfaitement reconnu lorsqu'il est sorti en emportant Olivia dans ses bras.

Le capitaine poussa un violent cri de stupeur.

— Il emportait Olivia dans ses bras, dis-tu ?...

— Oui, monsieur... Elle était blanche... et elle ne bougeait pas... Et lui... plein de sang... et sa manche en était toute rouge !

— Malédiction ! gronda Roselin, palpitant, éperdu.

A présent, un voile se levait devant lui, et il commençait à comprendre.

Stanislau, seul, avait pu revenir et s'emparer de la jeune fille.

Mais il vivait donc ?

Là-bas, à la chapelle, lorsque Givry avait tiré sur le reître, celui-ci avait été atteint, effectivement.

Il avait roulé sur les degrés du porche, puis était resté immobile... comme mort.

Et Bel-Cœur l'avait cru tué sur le coup.

Sans nul doute, il n'était que blessé... Il avait feint d'être occis, et, après le départ de Roselin et de ses compagnons, il s'était traîné jusqu'en un lieu où l'on pourrait panser sa blessure.

Ensuite, regaillardi, il avait pris le chemin du logis où Olivia restait seule... dans l'attente de son sauveur.

— Et il la menaçait !... reprenait la fillette... et il lui disait : « Viens ! Guttierez t'attend... Il veut te voir avant de mourir !... »

— Guttierez ? s'écria Givry... Mort-diable ! on va voir !

Il s'élança vers la porte de la cabane, sauta en selle et jeta quelques adieux hâtifs au passeur et aux enfants.

Puis il s'enfonça dans la nuit, pressant cruellement, de ses éperons, les flancs de son cheval qui partit comme une flèche.

II

DANS LA CRYPTE

A peine avait-il parcouru le quart du chemin qu'un cavalier apparut en face de lui.

— Sulpice !... cria Roselin qui le reconnut, demi-tour ! suis-moi !...

L'écuyer tourna bride aussitôt et essaya d'activer sa bête pour lui faire rejoindre la monture du capitaine.

Mais ce dernier allait à si folle allure que Sulpice eut bien du mal à le rattraper.

Cependant, il y parvint.

Et, dès qu'il fut à portée de voix de son maître, il demanda, essoufflé :

— Où allons-nous, monsieur ?

— A la « Croix-des-Chemins » ! répondit Bel-Cœur précipitamment, sans détourner la tête... A la Croix-des-Chemins !

— Allons ! bon ! grommela Sulpice... nous ne sortons pas de ces vilains endroits !... Ah ! quelle ville, ce Genève !...

Mais Roselin, tout en galopant à perdre haleine, questionnait :

— Tu n'as rien trouvé, là-bas ?

— Rien de plus, monsieur. Cette maison est un désert !

— Dieu fasse que nous soyons plus heureux à la chapelle ! murmura le baron... Olivia ! Olivia, que devenez-vous ?

Et il dévora l'espace.

Maintenant, les deux chevaux volaient à travers la plaine et s'engageaient dans le sentier qui menait au carrefour de la chapelle.

La nuit était claire à présent, et comme parsemée de sourires.

Une merveilleuse nuit d'été.

La lune, toute ronde, scintillait doucement sur les eaux du lac, où se reflétaient des myriades d'étoiles.

Les mélèzes de la Croix-des-Chemins se dressèrent à un tournant.

— Arrête ! cria Roselin.

Il avait maîtrisé net son cheval et sautait déjà à terre.

Puis, sans s'occuper de Sulpice qui recevait les rênes, il courait vers le porche de la chapelle...

Elle s'érigeait, tranquille, sous la clarté lunaire, au milieu des arbres sombres qui l'encadraient.

A terre, plus rien.

Aucun des cadavres de la veille ne se trouvait là, maintenant.

Tous avaient disparu, comme par une sorte d'enchantement prodigieux.

En vain Roselin et Sulpice fouillèrent-ils les moindres buissons, les plus petits taillis, remontèrent les sentiers.

En vain, dans la chapelle, explorèrent-ils tout l'intérieur de l'édifice, encore bouleversé par la tragédie récente.

Les corps des misérables tués la nuit précédente avaient été enlevés...

— Damnation ! gronda Bel-Cœur... Trop tard ! Stanislau est déjà passé par ici !

Il restait là, derrière le chœur, courbant la tête.

Soudain, l'écuyer souffla, en étendant la main :

— On vient, monsieur...

— Hein ? fit Bel-Cœur, comme sortant d'un rêve.

Sulpice répéta tout bas :

— On vient !... Ecoutez, j'entends crisser des aiguilles de sapin sur le sol...

Roselin prêta l'oreille.

— Oui... reconnut-il... Tu as raison ! Attention, Sulpice !

Il entraîna l'écuyer derrière l'autel ravagé.

Celui-ci, très haut, était creux, par derrière.

Une sorte de niche s'y pratiquait ainsi, assez vaste pour que deux hommes pussent y trouver place en se courbant.

Le capitaine et son serviteur se blottirent silencieusement en cet endroit, et, le cœur bondissant, attendirent.

Presque tout de suite, une lueur emplit la chapelle et des pas bruirent sur les dalles, en même temps que l'on entendait grincer les gonds de la porte d'entrée.

Sans doute, les arrivants refermaient-ils derrière eux le lourd battant de chêne bardé de fer.

En effet, on perçut ensuite le déclic du pêne dans la serrure massive. L'écho des voûtes en répercuta le bruit sec.

La chapelle était maintenant fermée à clef et les gens qui venaient d'entrer tenaient, évidemment, à être bien seuls et en sécurité pour ce qu'ils avaient à faire.

Roselin murmura :

— Ils doivent être trois ou quatre...

Mais il s'arrêta net.

Une voix disait, menaçante :

— Avance, misérable !

Une autre voix répondit :

— Non ! Tuez-moi si vous le voulez ! mais je ne ferai pas un pas de plus !

Roselin sursauta.

Cette voix de femme, il la reconnaissait !

C'était celle d'Olivia...

Une révolution se produisit dans l'être enfiévré de Bel-Cœur.

Il allait s'élancer hors de sa cachette, se ruer sur les tourmenteurs de la jeune fille.

La main du prudent Sulpice le retint doucement.

Et l'écuyer souffla à son oreille :

— Patience, monsieur... Attendez, de grâce !...

Roselin obéit d'autant mieux que, aux paroles de la jeune fille, d'autres paroles répondaient, sardoniques et rageuses.

— Nous ne te tuerons pas encore, la belle !... Mais ne crains rien ! Tu ne sortiras pas d'ici vivante, par l'enfer !...

— Stanislau ! gronda Roselin... c'est bien lui !

Il y eut ensuite une sorte de bruit bizarre, comme celui d'un corps que l'on traînerait sur les dalles...

Sans doute, les compagnons d'Olivia l'entraînaient-ils malgré elle vers le fond de la chapelle ?

— Ils viennent ! fit Givry.

— Laissez-les faire, monsieur ! Ils viennent dans la gueule du loup !

Des pas approchaient du chœur, en effet.

La voix d'Olivia s'éleva encore :

— Infâmes !... assassins !... Ah !... non, non !... je ne veux pas !... plutôt mourir sur l'heure !...

— Tire donc plus fort, Johann ! commanda Stanislau... N'aie pas peur de lui casser les poignets, s'il le faut !... Hardi !

Un cri de souffrance jaillit, poussé par la jeune fille.

A ce cri, Roselin, une fois encore, fut près de se précipiter à son secours.

Mais, une fois de plus, Sulpice le retint.

— Contenez-vous si vous voulez sauver cette malheureuse. Au premier bruit, ils l'égorgeraient !

Maintenant, les autres étaient parvenus tout près de l'autel.

Une simple cloison de bois les séparait de Bel-Cœur et de l'écuyer, immobiles au fond de leur cachette.

Mais on n'entendait plus que la respiration haletante d'Olivia.

Cependant, Roselin perçut une sorte de grattement singulier.

En même temps Stanislau grommela, d'une voix furibonde :

— Le fer est archi-rouillé ! Le ressort est dur à déclencher !...

Et, brusquement, un déclic se perçut, pareil à un ressort détendu.

— Ah !... voilà !... marmonna Johann. Ce n'est pas malheureux !

— Tiens-la !... je vais descendre... recommanda encore Stanislau.

Derrière l'autel, Roselin et Sulpice écoutaient, intrigués et avides, cette scène étrange à laquelle ils ne comprenaient rien encore.

Ils tendaient ardemment l'oreille.

Une intense curiosité les poignait.

Ils eussent voulu voir... savoir...

Mais ils attendaient, cependant, tout crispés d'émotion.

Tout à coup, semblant sortir de terre, des bruits de voix leur parvinrent.

Sourds... étouffés... incompréhensibles.

Brusquement, Roselin se jeta sur le sol et colla son oreille à la pierre.

A présent, il percevait mieux le son de la conversation, mais ne pouvait pas distinguer le sens des mots.

On parlait sous l'autel !...

Et Bel-Cœur devina, soudainement.

Stanislau était descendu dans la crypte de la chapelle.

Comme tous les édifices religieux, celui-ci possédait, sous le chœur, une salle souterraine où, selon l'habitude des temps, on inhumait les hauts personnages, les prêtres desservants et autres personnages du parage, sous des dalles aux inscriptions pompeuses.

Mais avec qui Stanislau s'entretenait-il dans la crypte ?

— Guttierez !... il est là !... se dit tout à coup Roselin.

Oui, c'était bien cela, à n'en pas douter...

Stanislau avait transporté dans la salle souterraine les corps des bandits tués la veille et il y avait amené également Guttierez blessé à mort...

En effet, il eût été bien imprudent à Stanislau de promener par les routes des cadavres et un blessé agonisant !

Roselin pressentait maintenant toute la vérité...

Il se rappelait les paroles de Stanislau à Olivia, rapportées par la fille du passeur :

— « Tu vas me suivre ! Je veux te mener à Guttierez ! Il va mourir et veut te voir ! »

Allons, il n'était pas trop tard, puisqu'Olivia était vivante...

Et deux hommes, seulement, l'accompagnaient, — car Guttierez, blessé à mort, ne comptait pas !

Or, deux hommes, même de la trempe de ces bandits, qu'étaient-ils pour des cœurs aussi vaillants que Givry et Sulpice ?

Olivia serait sauvée... Et le moment en était venu !

Givry allait se décider à sortir de sa cachette, mais Sulpice murmura tout bas :

— Ecoutez, monsieur...

Et Roselin tendit l'oreille.

Stanislau disait :

— Johann ! Fais-la descendre !...

Il y eut un court bruit de lutte ; les voix décrurent, s'enfoncèrent sous le sol, s'étouffèrent.

En même temps, la chapelle se retrouva presque plongée dans les ténèbres.

La torche dont les misérables s'étaient éclairés jusque là avait disparu avec eux dans la crypte.

Mais, par les vitraux brisés, la douce clarté de la lune s'infiltra et s'épandit dans la nef en nappe mystérieuse.

— Allons ! fit Roselin nerveusement. Il est temps de sortir de là ! Ils sont descendus dans le caveau.

— Oui ! approuva Sulpice, je crois que nous pouvons agir à présent... Ils sont dans la souricière !

Tous deux se glissèrent hors de leur niche.

A pas feutrés, ils contournèrent l'autel et arrivèrent devant le chœur.

Au détour, ils aperçurent, à terre, une tache lumineuse.

Une grosse dalle, écartée, laissait voir un trou carré, béant, d'où sortait la lumière qui éclairait la crypte, en bas.

Roselin s'avança précautionneusement au bord de cette ouverture.

Il se pencha, s'agenouilla...

Sulpice l'imita.

De là, les deux hommes pouvaient entendre ce qui se passait dans la salle souterraine, mais ils n'apercevaient point les personnages.

Sans doute se tenaient-ils dans un angle éloigné de la crypte ?

Toutefois, on distinguait des silhouettes mouvantes, des ombres qui dansaient à la flamme rougeoyante de la torche...

— La voici, la douce colombe ! faisait la voix sardonique de Stanislau...

Une longue plainte terrifiée s'élevait, qui traduisait les sentiments de la malheureuse jeune fille en présence de son infernal bourreau...

Guttierez parlait, mais sa voix faible et saccadée était peu perceptible.

Cependant, Stanislau hurla, comme un possédé :

— Olivia !... Ne mens pas ! Tu nous a trahis !... Ce billet que tu écrivais, ce matin, lorsque je suis arrivé auprès de toi, ne prouve-t-il pas ta trahison ?

Roselin frémit.

Ainsi c'était lui qui, involontairement, était cause de ce supplice ?...

Olivia répondit :

— Faites de moi ce qu'il vous plaira !... Plutôt la mort que la vie odieuse que vous me faisiez mener !

Guttierez proféra quelques mots indistincts, puis Stanislau gronda :

— Demande pardon au *padre* ! C'est toi qui l'as tué !... Demande-lui pardon !

— Jamais !

Un cri de douleur jaillit.

— Laisse-là ! prononça Guttierez... Je veux la tuer de mes mains !

Il avait parlé plus haut, dans l'exaltation de la fureur, de la vengeance...

— Qu'elle fasse donc sa dernière prière ! déclara Stanislau... Tu entends, Olivia ? Presse-toi de recommander à Dieu ton âme criminelle !... Va !...

Et un silence tomba sur cette scène tragique.

III

COMBAT DANS L'OMBRE

Roselin s'assura doucement que son épée jouait bien dans le fourreau.

— Prépare-toi ! souffla-t-il à Sulpice.

— Je suis prêt, monsieur.

Dans l'attente, Bel-Cœur se pencha une dernière fois au-dessus de l'orifice.

Il parvint à distinguer la forme immobile de Olivia qui priait, à genoux, les mains jointes, le front courbé.

Une émotion tendre lui venait à contempler la petite tête fine dont la chevelure se dorait aux clartés de la torche.

Elle priait toujours, détachée de tout ce qui l'entourait, vraiment seule avec Dieu, en ces instants solennels pour elle.

Les minutes coulaient...

— Eh bien ! fit soudain la voix mauvaise de Stanislau, as-tu fini bientôt tes pâtenôtres ?

La jeune fille tressaillit.

Un sursaut la secoua toute et elle parut s'éveiller d'un songe.

Elle leva la tête. Ses yeux se portèrent, machinalement, vers l'orifice du caveau.

Dans l'encadrement, elle distingua la forme d'une tête, vit luire des regards brillants...

Avec un cri soudain, elle se releva, comme galvanisée.

Stanislau, au même instant, s'approchait d'elle, se préparait à l'arracher brutalement à ses prières.

Et, au moment où le reître mettait sa main sur l'épaule de la jeune fille, il poussa, lui aussi, un cri de stupeur.

Brusquement, un choc sourd, peu après suivi d'un autre, avait retenti dans la crypte.

Et, tout près d'Olivia, tout près de Stanislau, médusé, un homme se dressait...

Un autre homme apparaissait, à deux pas de lui.

Johann était demeuré pétrifié sur place, sans une parole.

Sulpice alla vivement vers lui, la lame haute.

Pendant ce temps, levant son épée, Roselin clama d'une voix tremblante de fureur :

— L'enfer t'abandonne, Stanislau !... Lâche cette enfant !...

Sur le lit de feuilles sèches où il était étendu, Guttierez jeta, d'une voix haletante, comme un râle :

— Tue-la !... Tue-la, Stanislau !...

Olivia, les yeux agrandis, regardait passionnément le capitaine.

Elle se demandait si elle ne rêvait pas...

Lui !... Était-ce possible ?

Lui, ici, en ce lieu maudit !...

A l'instant même où, n'attendant plus rien des hommes, elle se confiait toute à Dieu, il était venu, lui, le jeune médecin inconnu qui avait jeté en son âme vierge un trouble si fort, si doux, si mystérieux !...

Il était là, pour la défendre...

Il la sauverait !

De cela, elle était sûre...

Puisqu'elle le voyait, elle ne courait plus aucun danger !

C'est Dieu, évidemment, qui l'avait envoyé, Dieu qu'elle implorait avec tant de ferveur.

Frémissante, elle essayait d'échapper à l'étreinte brutale du reître, qui semblait un peu s'être desserrée.

Mais il s'était déjà ressaisi... et faisait tête.

Comprenant qu'il était bien perdu à présent, que Roselin ne lui ferait pas grâce, le misérable jouait franc jeu.

Il leva son poignard, et, avec une rapidité foudroyante, il en frappa la jeune fille, en ricanant :

— Tiens ! baron de Givry ! prends-la !... Elle est à toi, maintenant !

Le coup avait été porté avant que Roselin eût pu intervenir, avant qu'il eût deviné le geste.

Avec un gémissement de douleur, Olivia s'abattit sur le sol et demeura sans mouvement.

— Ah ! monstre ! cria Bel-Cœur...

Et son accent fut tel que Stanislau frissonna jusqu'aux moelles.

Reculant vivement, le reître avait tiré son épée.

Il attendit Givry de pied ferme.

Il comptait sur sa science profonde de l'escrime, sur sa force et son adresse...

Il cria à Johann :

— Tiens bon, camarade !... Nous allons venger sur ces deux-là la mort des nôtres !

Johann avait fait face à Sulpice et, l'épée à la main, commençait déjà à ferrailler.

— Stanislau, dit Givry pâle et calme, j'aurais pu te faire grâce, peut-être tout à l'heure. A présent, je vais te tuer !

Railleusement, l'autre jeta :

— Essaie, beau muguet de cour !... Je te crois plus capable de séduire les filles que de soutenir un combat contre un soldat !

Roselin avait avisé son fer avec celui de Stanislau.

Le ruffian se dépensait pour toucher le capitaine, prodiguait les bottes les plus meurtrières, celles qui exigent un maximum de puissance physique et d'adresse, de souplesse, d'agilité...

Maintenant, la sueur perlait à ses cheveux et son bras se raidissait sous l'effort trop longtemps soutenu.

D'ailleurs, sa blessure de la veille, à peine refermée, le faisait de nouveau souffrir ; et une pesanteur envahissait son épaule qui semblait emprisonnée dans une chape de plomb.

Mais il continuait à se battre avec acharnement, avec frénésie !

Il fallait résister à la défaillance...

Sinon, cette crypte deviendrait son tombeau !

Auprès de Roselin et de Stanislau, Sulpice et Johann bataillaient avec non moins d'ardeur.

Guttierez, sur son grabat, tentait de se soulever avec mille peines...

On entendait sa respiration sifflante, et, parfois, des gémissements de douleur lorsqu'un effort trop pénible avivait ses blessures.

Accoudé sur un bras, il voulait dresser son torse et n'y parvenait point.

Ses yeux étincelaient au fond de la crypte et se dardaient, avec une fixité terrible, sur Roselin qui lui faisait face et que ce regard, inconsciemment, troublait...

Car, le capitaine, ignorant tout du magnétisme et de l'hypnotisme, professait les croyances de son époque à ce sujet.

Pour lui, l'Espagnol était un sorcier.

Il l'avait vu, par la simple puissance de ses seuls regards, faire d'Olivia une chose sans volonté, entièrement soumise à son caprice... asservie à sa domination mentale.

Et Givry se demandait si le thaumaturge ne pouvait exercer sur lui-même ce maléfique pouvoir ?...

Aussi, de toutes ses forces, résistait-il à l'attraction des yeux de Guttierez et voulait-il tourner ailleurs ses regards.

Mais, invariablement, ils étaient ramenés vers le moribond.

Soudain, l'Espagnol cria :

— Prends garde, Stanislau ! Il te tuera !...

— Pas encore ! clama l'autre.

Il leva rapidement son épée, fouetta l'air de sa lame et la laissa retomber violemment sur celle de Givry.

Au choc, l'épée de Roselin se rompit en deux tronçons.

La trempe de l'acier n'avait pu résister à ce coup formidablement asséné.

Avec un hurlement de joie, Stanislau se précipita sur le capitaine.

Mais celui-ci l'avait prévenu.

Jetant son arme désormais inutile, d'un bond, il s'était rué sur le reître et l'empoignait à la gorge, d'une poigne de fer.

L'autre lâcha son épée inutile dans ce corps à corps, et, fouillant dans sa veste, en tira la dague dont il s'était servi contre Olivia :

— Hardi, Stanislau ! vociféra Guttierez, forçant sa voix et tendant sa volonté.

Givry sentit la pointe aiguë contre sa poitrine.

Avec une force inouie, il saisit le poignet de Stanislau, le tordit si violemment que l'autre jeta un cri horrible et abandonna le poignard qui tomba à terre.

Roselin enserra dans ses bras le torse puissant de l'adversaire, le pressant à l'étouffer.

Le reître vacilla, haletant, essayant en vain d'élargir l'étreinte terrible de Givry, arc-bouté contre lui.

Mais ce fut inutile.

Une poussée véhémente de Bel-Cœur le fit basculer.

Stanislau tomba à terre, entraînant sur lui le capitaine.

Et la lutte, sauvage, farouche, se continua sur le sol.

Pendant ce temps, après maintes péripéties, Sulpice parvenait à frapper son adversaire d'un coup d'épée à la gorge.

Johann s'affaissa en vomissant un flot de sang.

Débarrassé, Sulpice regarda autour de lui.

Il vit Guttierez qui, maintenant, était arrivé à s'asseoir sur son grabat.

Le thaumaturge semblait chercher quelque chose.

Ses mains tâtonnaient sous les vêtements jetés sur lui...

L'écuyer du baron ne prit pas garde à ce moribond.

Toute son attention se tournait vers son maître.

— Monsieur ! demanda-t-il, voulez-vous que j'achève votre ennemi ?

— Inutile, Sulpice ! répondit Roselin... je m'en charge !

Le capitaine avait noué autour du cou de Stanislau ses mains puissantes.

Il se préparait à l'étrangler, malgré les efforts désespérés du reître.

Soudain la torche s'éteignit.

Sournoisement, rassemblant ses dernières forces, Johann avait rampé sur le sol jusqu'à l'endroit où elle était fichée en terre et l'avait renversée.

— Ah ! bandit ! s'écria Sulpice.

Il battit le briquet, vivement...

Mais dans ces ténèbres soudaines, un coup de feu éclata.

La lueur en avait brillé du côté du grabat de Guttierez...

Une exclamation de douleur suivit. Sulpice reconnut la voix de son maître.

— Monsieur !... êtes-vous blessé ? fit avec anxiété le fidèle écuyer.

— Ce n'est rien ! rugit Roselin, tel un lion blessé.

Un râle rauque, prolongé, de plus en plus sourd s'éleva en même temps dans le noir, qui, tout à coup, cessa.

Affolé, Sulpice avait enflammé la mèche de son briquet et rallumait la torche qui donna sa lueur rougeâtre et fumeuse.

A cette clarté, il put voir ce qui s'était passé pendant les courts instants d'obscurité.

Guttierez tenait encore à la main un pistolet fumant.

C'était cette arme qu'il cherchait à saisir dans les vêtements, tout à l'heure.

A terre, Stanislau agonisait, agité de soubresauts.

Les doigts de Roselin s'incrustaient dans le cou du reître.

Johann, près de là, presque exsangue, approchait en rampant d'Olivia qui, ranimée et appuyée sur un coude, regardait d'un air égaré autour d'elle.

Le coup de feu de Guttierez l'avait tirée de la syncope où elle était tombée.

Roselin tourna les yeux vers elle.

— Ah ! Dieu soit loué ! vivante ! cria-t-il avec une explosion de joie.

Il ne prenait plus garde à rien, désormais. Il ne songeait même pas à étancher le sang qui couvrait son visage, la balle ayant éraflé son front.

Une, ultime convulsion parcourut le corps de Stanislau, et Bel-Cœur regarda son ennemi.

— Allons ! il est mort cette fois ! murmura-t-il.

— Que faisons-nous de ces deux-là, monsieur ? s'enquit Sulpice en montrant Johann et l'Espagnol.

— Bah ! répondit Roselin, ils n'en ont plus pour longtemps !... Il serait plus charitable de les achever... mais je ne m'en sens pas le courage... Laissons-les là !...

Et, s'élançant vers Olivia, il la saisit doucement, la souleva entre ses bras avec d'infinies précautions, comme un père prendrait son petit enfant.

Seulement, il avait trop présumé de ses forces.

— Seconde-moi, Sulpice ! dit-il, la voix altérée soudain.

L'écuyer se précipita.

A eux deux, Roselin et Sulpice transportèrent la jeune fille jusqu'à l'ouverture de la crypte.

Là, Sulpice, grimpé sur le bord, put glisser Olivia dans le chœur, avec l'aide du capitaine.

Ce dernier, à son tour, quitta le caveau.

Et, derrière lui, il repoussa l'énorme dalle qui en bouchait l'entrée.

Mais cela ne fut pas fait assez tôt pour que Roselin ne pût entendre un long hurlement qui le fit frémir.

Hurlement de terreur, de rage, de haine et de souffrance.

C'était Guttierez qui le poussait.

. . . .

La clef avait été laissé sur la porte de la chapelle, que Sulpice ouvrit toute grande.

L'air pur et frais de la nuit entra dans l'édifice et ranima entièrement la jeune fille.

Elle saisit les mains de Roselin qui, penché sur elle, l'observait avec tendresse... avec une sorte de détresse d'amant.

— Merci ! balbutia-t-elle.

— Mon enfant... murmura-t-il, la voix étrangement troublée. C'est fini, à présent ! Vous voici sauve, libre !

— O mon Dieu ! je croyais bien mourir en ce lieu horrible ! fit-elle, encore toute secouée d'épouvante.

— Vous vivrez, pour être heureuse, enfin ! pour goûter l'affection de ceux qui vous sont chers, de ceux qui vous aiment !

Il prononça ces derniers mots plus bas, avec une émotion palpitante qui frappa la jeune fille.

Elle tourna vers lui ses beaux yeux et les appuya longtemps sur le visage agité du capitaine.

— Ceux qui m'aiment ! répéta-t-elle lentement... Oui... vous avez raison... il y a mes pauvres parents... et la duchesse d'Epernon aussi !...

— Il y en a d'autres ! s'écria Roselin... Il y a...

Mais il s'arrêta aussitôt, saisi par une gêne étrange.

Et le long regard d'Olivia se fixa de nouveau sur lui, le troublant davantage encore...

IV

CŒUR A CŒUR

— Comment vous sentez-vous ? demanda Roselin pour rompre l'embarras qui l'étreignait sous les yeux de la jeune fille.

Elle déclara, heureuse :

— Ah !... Jamais je ne me suis sentie si bien !

— Cependant... vous êtes blessée !... s'exclama-t-il.

— Cela n'est rien ! assura-t-elle, aussi courageuse qu'il l'avait été lui-même.

— N'importe !... avant de regagner Genève, il est nécessaire d'examiner votre blessure et de la soigner quelque peu...

— C'est vrai, sourit-elle, vous êtes médecin... Alors je m'abandonne à vous... Médecin ?...

Heureusement, Givry avait une longue habitude des blessures.

Et puis, Sulpice n'était-il point là ? Le brave écuyer savait merveilleusement panser une plaie...

Il appela donc son serviteur et lui ordonna d'aller quérir de l'eau.

Sulpice prit deux gros vases sur l'autel et sortit de la chapelle, se dirigeant vers le lac proche.

Resté seul avec Olivia, Roselin dit lentement :

— C'est à l'épaule que vous êtes blessée, n'est-ce pas ?

— Oui...

— Il faudrait dénouer votre gorgerette... Mais le pourrez-vous seule ?

La jeune fille, de sa main gauche, commença à tirer les attaches de sa guimpe.

Roselin écarta les bords de l'étoffe et, délicatement, mit à nu la blanche et ronde épaule d'Olivia.

Bel-Cœur s'éblouit... Ses paupières battirent comme sous une clarté aveuglante... Et cependant la lueur des cierges de cire allumés par Sulpice sur l'autel, s'épandait autour d'Olivia en un halo lumineux d'une douceur infinie.

Mais la chair nacrée de la jeune fille surgissait, hors de l'étoffe violette du corsage ; c'était, semblait-il, de cette chair suave, laiteuse et délicieusement rosée par endroits, qu'émanait la blanche clarté ambiante.

Le cou au modelé fragile descendait en un contour exquis jusqu'à la courbe harmonieuse de l'épaule.

On voyait un peu de la peau satinée de la gorge, où de légères ombres erraient, indiquant la forme indécise de ce buste virginal.

Mais Roselin s'arracha à cette vision adorable et troublante.

Une tache brunâtre marquait la blessure faite par le poignard de Stanislau.

Roselin n'osait porter la main sur cette chair candide.

Il sentait ses doigts trembler...

Sulpice revenait, les vases pleins d'eau.

Alors, Bel-Cœur retrouva brusquement son empire sur soi-même.

Il demanda à l'écuyer :

— Un linge ?

— Cette écharpe...

Il tendit l'étoffe de lin fin.

La blessure lavée, Givry fit un pansement méticuleux.

— Ma foi ! monsieur ! laissa admirativement échapper Sulpice, je n'aurais pas mieux procédé !

Bel-Cœur ne répliqua rien à ce naïf éloge.

Il aidait la jeune fille à remonter sa gorgerette et à la nouer.

— Alors, fit-il, voulez-vous que nous partions ?

— Oh ! oui... s'exclama-t-elle, il me tarde d'être loin d'ici !...

Et elle jeta un regard apeuré vers la dalle sous laquelle s'ouvrait la crypte où elle avait failli mourir.

— Venez... murmura le baron.

Il lui offrit son poing pour gagner la sortie.

Sulpice avait couru en avant.

Les chevaux, cachés dans un épais fourré, furent amenés devant le porche.

— Je vais être obligé de vous prendre en croupe derrière moi, fit Roselin. Seule, vous ne pourriez, sans doute, conduire une de ces bêtes qui sont assez vives.

— Je ne l'essaierai pas, déclara-t-elle avec une grâce enjouée. Je suis une piètre amazone... Au temps jadis, alors que j'étais une enfant, mon père m'avait appris à monter à cheval... Mais c'est si loin, cela !

Ils s'installèrent et Roselin éperonna sa monture qui partit d'un bon train.

Le baron sentait contre son corps le corps souple et tiède de la jeune fille.

Sur sa nuque, l'haleine chaude d'Olivia...

A sa taille, le bras rond et gracile le serrait...

Un délice inexprimable envahissait Bel-Cœur ; et, cependant, ce délice était en même temps une torture, presque !

Aussi pressait-il son cheval pour abréger cette douloureuse volupté.

La nuit les enveloppait...

Nuit fraîche, douce, embaumée des fragrances champêtres, traversée par une brise qui faisait bruisser les arbres du chemin.

Nuit où les étoiles scintillaient autour de la tache claire de l'astre au front d'argent.

Nuit amoureuse et languissante qui versait dans l'être des effluves tendres....

Son bras autour de la poitrine du baron, Olivia avait la main appuyée sur sa poitrine.

Elle pouvait compter les battements précipités de son cœur et sentir les arrêts subits qui alternaient avec ces palpitations folles.

Les mèches soyeuses de la chevelure d'Olivia, volant au souffle du vent, venaient caresser le visage de Givry.

Il lui semblait, alors, qu'il allait défaillir d'ivresse et d'émoi.

Ces cheveux étaient imprégnés de parfums divers, mêlés, tous plus affolants les uns que les autres !

Ils exhalaient des senteurs fauves de chair vivante, des émanations douces et subtiles de fleurs, des odeurs grisantes de sève, des parfums étranges de sousbois, de montagne...

Les murs de Genève se dressèrent enfin au fond de l'horizon.

Bel-Cœur soupira.

En ce soupir passaient, à la fois, un allègement, une délivrance, et, aussi, un regret.

Roselin était, tout ensemble, heureux de rompre ce charme pénible, et désolé de voir finir cette promenade délicieuse dans la nuit et la solitude qui en faisaient un mystère plein d'adoration.

Les rues de la ville, noyées d'ombres, désertes, ralentirent peu l'allure des chevaux.

Au seuil de l'hôtellerie, les cavaliers s'arrêtèrent...

Et Givry, sautant à bas de sa monture, prit en ses bras le corps charmant de la jeune fille et la déposa sur le sol.

A présent, c'était fini !...

V

LE RETOUR

— Sire, Monsieur le baron de Givry sollicite d'être reçu par Votre Majesté.

— Eh ! qu'il entre, Diou bibant ! s'écria allégrement Henri de Navarre.

L'huissier s'empressa et reparut, introduisant Roselin qui s'inclina dès le seuil.

Le Béarnais alla vivement vers lui, les mains largement tendues.

— Toi !... Eh bien, Bel-Cœur, quoi de nouveau ?

— Sire, les Suisses seront ici sous peu. Je les précède de trois ou quatre jours seulement.

— Toujours le même ! s'exclama jovialement le roi de Navarre. Expéditif, avisé et chançard !... Car, il n'y a pas à dire, Givry ! tu es un chançard !...

— Votre Majesté est bon juge en la matière ! répondit railleusement le baron.

— C'est vrai ! Moi aussi j'ai de la chance ! fit gravement le Béarnais... Enfin ! tu as réussi, jarnidieu ! Je n'en doutais point, d'ailleurs ! C'est pour cela que j'avais proposé à mon cousin de Valois de te charger de cette mission délicate...

— Et je remercie Votre Majesté d'avoir pensé à moi pour cela...

— Hein ?... tu as donc été content de ton voyage en Suisse ?

— Très content, sire !

— Allons ! goguenarda le roi, je vois cela d'ici ! Quelque nouvelle amourette !... Diable d'homme, va ! tu ne changeras jamais !

— J'en serais désolé, sire !

— Et moi aussi, Ventre-Saint-Gris ! Je t'aime comme tu es, Givry... Mais voyons ! parlons sérieusement... Cela a-t-il été tout seul, à Genève ?

— Heu !... quelques petites anicroches par-ci, par-là...

— J'entends !... des égratignures d'épée ou de balle, n'est-ce pas ?

— Oui... et d'autres menues bêtises...

— Tant mieux !... En somme, tu n'es pas trop fourbu ?

— Nullement, sire... Votre Majesté at-elle donc quelque autre mission à me donner ?

— Non pas !... mais j'ai besoin de toi... autrement. Ce n'est plus le diplomate qu'il me faut, c'est le capitaine...

— L'un et l'autre sont à vous, sire !

— Ah ! mon ami, nous avons encore fort à faire, vois-tu !

— Nous y pourvoirons, sire. Vos affaires vont-elles bien ?

— Les miennes, pas trop mal !... Quant à celles de mon pauvre cousin Henri III... hum ! cela laisse à désirer !...

— Je croyais, sire, fit Roselin, avec ironie, que les siennes ou les vôtres, cela était, pour l'instant, la même chose, puisque vous êtes alliés ?...

— Oui, oui !... fit vivement le Béarnais, c'est ce que je voulais dire... Enfin, Paris n'est pas encore à nous !...

— Cela viendra.

— En attendant, je vais aller annoncer au roi de France ton retour et l'heureuse nouvelle que tu apportes. Viens-tu avec moi ?

— Je vous demanderai la permission de ne pas vous accompagner, sire... J'ai, ici près, quelque affaire assez urgente...

— Je gagerais qu'il s'agit encore de quelque jolie fille...

— Ne pariez point, sire... vous gagneriez ! s'exclama le capitaine en riant.

Henri de Navarre donna une bourrade cordiale sur l'épaule de Bel-Cœur et déclara :

— Reviens ce soir... J'aurai à te parler sérieusement.

Quittant la maison de Meudon qui servait de quartier général au Béarnais, Roselin de Givry gagna la route qui menait à Saint-Cloud.

Là résidait le roi de France au milieu de ses partisans.

Beaucoup des seigneurs qui l'entouraient, n'ayant pu se loger dans le village même, s'étaient égaillés dans les maisons éparpillées à travers la campagne, au bord de la Seine, sur les coteaux de Bellevue ou dans les bois.

En passant auprès d'une hôtellerie sise au bord de la route, Roselin vit une litière attelée de deux haquenées qui semblait attendre.

Deux autres chevaux sellés étaient attachés au mur de l'auberge.

— Sulpice ! cria Givry.

L'écuyer apparut sur la porte.

— Demoiselle Olivia est-elle prête ? s'enquit Bel-Cœur.

— Je descends ! s'écria une voix harmonieusement timbrée.

En même temps, à une fenêtre de l'étage, se montra l'adorable visage de la jeune fille, frais comme une fleur sous le baiser du matin.

Roselin salua de son chapeau emplumé avec une courtoisie mêlée de familiarité tendre et joyeuse.

Olivia sourit de toutes ses dents mignonnes et, après un rapide coup d'œil à droite et à gauche, jeta, du bout des doigts, un baiser à l'adresse de Givry.

Presque aussitôt après, elle apparut sur le seuil de l'hôtellerie.

Roselin se précipita vers elle.

— Comment avez-vous dormi, mon ange ? demanda-t-il d'une voix prévenante et affectueuse.

— Fort bien, mon cher seigneur. Et vous ?

— J'ai rêvé de vous !

— La belle nouvelle ! Je pense bien qu'il devait en être ainsi !... Croyez-vous donc que moi seule doive être troublée par votre pensée pendant mon sommeil ?

— Cher cœur ! murmura passionnément le capitaine... Comme vous êtes belle, ce matin... Et que vous me semblez gaie, cruelle !

— Sans doute parce que je suis heureuse.

— Heureuse ? Pourquoi ?

— Mais... d'être enfin en France, sauvée, libre, aimée !... de voir une radieuse matinée... et, peut-être aussi, de ce que vous soyez là, auprès de moi, avec cette mine affreuse et bougonne !

Et, malicieuse, elle éclata de rire.

— Si je suis bougon, riposta Roselin, c'est que je pense, moi, à une chose triste à laquelle vous ne songez pas, insoucieuse !

— Quelle chose ?

— Que, tout à l'heure je vais vous conduire auprès de Mme d'Epernon... et que, dès lors, nous serons séparés !

La jeune fille parut se rembrunir... Puis, souriant :

— Fi !... Le méchant qui veut assombrir ma joie !

— Alors, partons !... fit Bel-Cœur en soupirant.

Elle entra dans la litière.

Roselin se mit en selle et donna le signal du départ.

Le cortège se mit en route et, peu après, arrivait devant un haut mur que dépassaient les cimes verdoyantes d'arbres séculaires.

Une grille laissait voir un parc superbe au fond duquel s'élevait une vaste construction de plaisance.

C'était la demeure de la duchesse d'Epernon, qui avait trouvé, enfin, à se loger plus près de son mari toujours retenu auprès de Henri III.

L'équipage entra dans le parc.

Un laquais conduisit Roselin vers la maison, tandis qu'Olivia suivait à quelque distance.

Introduit auprès de la duchesse, Bel-Cœur en reçut un accueil charmant.

— Ah ! monsieur de Givry, s'exclama la jeune femme, qu'étiez-vous donc devenu ? Je demandais de vos nouvelles partout, et nul n'a pu me renseigner.

— J'étais absent de France, madame, fit Roselin en baisant la main — une merveille ! — que lui tendait la duchesse.

— C'est donc cela ? M. d'Epernon lui-même vous a cherché en vain ! Il voulait vous remercier... car je lui ai conté votre conduite si chevaleresque...

— Je vous en prie, madame...

— Il me tardait de pouvoir vous en dire ma gratitude mieux que je ne l'ai fait, en cette nuit... mouvementée...

— Oh ! madame !... s'écria Givry, je suis confus !... Si j'avais su que vous penseriez encore à cette vieille histoire futile, j'aurais vraiment hésité à me présenter devant vous !

— Comment ! vous ne veniez donc point pour m'entendre parler de ma reconnaissance ? Je vous la dois bien, cependant.

— Certes, non, madame ! interrompit Givry... pas pour cela...

— Ah !... Qu'est-ce donc alors ?... Serais-je assez heureuse de pouvoir vous rendre quelque service ?

— En effet, madame !

— Parlez vite, alors ? Que désirez-vous de moi ?

— Vous prier de rendre à sa famille, qui la croit à jamais perdue, une jeune fille enlevée à ses parents il y a sept ans.

— Oh ! que me contez-vous là ?... Tenez, monsieur de Givry, asseyez-vous ici, près de moi... Certes, je suis toute prête à vous aider en cette occurrence... Mais donnez-moi quelques éclaircissements, je vous prie.

Roselin conta en quelques phrases son voyage à Genève et la rencontre d'Olivia. Il dit comment il l'avait arrachée aux mains de ceux qui la torturaient et conclut :

— Or, madame, il paraît que cette enfant vous a autrefois connue, à Angoulême.

— Comment ! s'écria la duchesse, elle m'a connue, dites-vous ?

— Elle l'affirme... Ses parents, nobles et riches Espagnols, étaient retirés à Angoulême lorsqu'on leur ravit la petite Olivia.

Mme d'Epernon interrompit Roselin par un cri de surprise soudaine.

— Olivia !... Olivia, avez-vous dit ?

— C'est son nom, en effet.

— Ah !... Elle ! ce serait elle ! Olivia ! la mignonne ! la fille du comte de Sylvanès !

— J'ignore le nom de ses parents... Elle ne me l'a jamais dit, et peut-être l'at-elle oublié au milieu des épreuves qu'elle a endurées, si jeune !

— La chère petite !... Oh ! que ses parents vont être heureux !...

« Où est-elle ?

— Olivia est dans le parc, madame. Voulez-vous que je l'appelle ?

Sans répondre, Mme d'Epernon courut à la fenêtre et cria :

— Olivia !... Olivia !...

La jeune fille apparut vivement de derrière une charmille et, avec une exclamation ravie, s'engouffra dans la maison.

La duchesse, très animée, vint l'attendre à la porte.

— Olivia !

— Ma bonne duchesse !

Celle-ci reçut l'exquise beauté dans ses bras, puis, le visage rayonnant, la prit par la main, la fit reculer un peu, la regarda, l'examina, l'admira...

— C'est elle ! toujours aussi jolie, aussi gracieuse... Mon enfant ! ma chère petite ! Quelle douce surprise !

— Mes parents ? demanda Olivia d'une voix tremblante, emplie d'appréhension. Sont-ils seulement vivants encore ?...

— Oui, ma chérie... Ils vivent, rassurez-vous ! Ils sont, même, bien portants, malgré leur douleur inconsolable de vous avoir perdue !

— Ah ! ils devaient penser ne plus jamais me revoir, n'est-ce pas ?

— Si ! contre tout, ils ont gardé l'espoir de vous retrouver !... Par une sorte de divination tendre, ils ont toujours été persuadés que vous étiez en vie et que vous leur reviendriez un jour.

— Mon Dieu ! qu'il me tarde de les embrasser ! Comme nous allons être fous de bonheur en nous retrouvant !

— Certes, mon enfant !... Mais il faut leur annoncer votre retour avec ménagements... Je m'en charge.

— Sont-ils encore à Angoulême ?

— Je les y ai vus il y a quelques mois à peine.

Les deux femmes conversaient avec volubilité, Olivia faisant mille questions à la duchesse qui y répondait de son mieux.

— Pardonnez-nous de vous oublier ainsi, monsieur de Givry, dit à la fin Mme d'Epernon.

— Je vous assure, madame, que je suis infiniment heureux de votre propre bonheur.

— Bonheur dont nous vous sommes redevables. Nous ne saurons l'oublier... N'est-ce pas, Olivia ?

La jeune fille rougit sans répondre.

En même temps, elle posait sur Roselin ses grands yeux empreints d'une radieuse félicité.

— Monsieur de Givry ! s'exclama Marguerite d'Epernon, c'est une dette nouvelle que je contracte encore envers vous. En sauvant ma chère petite amie, vous avez acquis de nouveaux titres à ma reconnaissance.

Bel-Cœur se leva.

— Si vous le permettez, madame, je reviendrai prendre de vos nouvelles et de celles de Mlle de Sylvanès.

— Appelez-moi Olivia ! s'écria la jeune fille.

— Certes ! acquiesça la duchesse. Cette maison est vôtre... Olivia, reconduis M. de Givry tandis que je vais donner des ordres pour ton installation ici.

La jeune fille s'éloigna aussitôt avec Roselin ; et, dès qu'ils furent cachés par les frondaisons touffues du parc, elle se jeta au cou du jeune homme et murmura d'une voix extasiée :

— Mon ami, c'est à vous que je dois tout cela... Comment vous le rendre ?

— En m'aimant un peu !

Le front de la jeune fille s'inclinait vers lui. Ses lèvres s'y posèrent... Ils demeurèrent immobiles, les yeux fermés, en silence...

Et après un dernier baiser, Roselin rejoignit Sulpice qui l'attendait à la grille du parc.

Sautant en selle, Roselin piqua des deux à toute allure vers Meudon.

Le roi de Navarre l'attendait.

En le voyant paraître, il dit, la voix un peu grave :

— Et maintenant, ami Bel-Cœur, finies les belles voluptés d'amour ! Il faut se battre !...

Roselin répondit simplement :

— J'y suis tout prêt, sire... D'ailleurs, Votre Majesté n'ignore pas que Vénus et Mars vont toujours ensemble ?

Henri de Navarre se mit à rire.

— Ventre-Saint-Gris ! s'exclama-t-il, en tous les cas, ce ne sera point toi qui les séparerais !

— Ni vous non plus, sire !... Tel maître, tel serviteur !...

VI

LA PRÉDICTION

La chaleur de juillet pénétrait à peine sous les frondaisons épaisses de la forêt de Meudon. Tamisée par les feuilles des grands hêtres, la lumière, aussi, y était plus douce. C'était comme une clarté d'aube... ou de crépuscule, avec du mystère épars et la poésie des demi-teintes.

— Quelle agréable chevauchée ! dit Henri de Navarre en humant l'air à pleins poumons. Il fait frais ici... Un vrai temps de chasse !

— Sire, répondit Roselin, ne chassez-vous pas ?

— Quoi ?

— Le Ligueur, pardienne ! et M. de Mayenne.

— Tu fais des vers, comme Agrippa d'Aubigné.

Tout en riant, le Béarnais mit son cheval au pas pour mieux savourer le délice de cette adorable matinée sous bois. La petite suite qui trottait à quelque distance en arrière prit l'allure du maître.

Givry rêvait, tout en se laissant aller au balancement de sa monture.

Il pensait à Olivia... sa conquête de Genève.

Quand la reverrait-il ? Jamais, peut-être...

Et son imagination s'égarait dans le dédale des probabilités...

Elle remontait le cours des jours, vers d'autres conquêtes dont le charme avait fui loin de ses désirs, pareil à ces météores qui s'évanouissent dans le ciel.

Il pensait à la fougueuse Juana Dolci, à ses caresses passionnées, à Rome, dans l'ombre du château Saint-Ange (1).

Il revoyait Charlotte de Sauve, l'héroïque amoureuse du vieux manoir de Laubardemont, la Lionne d'Amour pour qui il avait failli mourir (2).

Il se représentait Rodolphine de Rieux, qui portait avec une égale aisance la robe de bure monastique et le vertugadin (3).

Femmes adorables... créatures de passion et de volupté !

Et soudain, le capitaine Bel-Cœur tressaillit.

Il venait d'entendre son nom, prononcé par une voix féminine.

Cette voix provenait d'un fourré proche de la route où il passait avec Henri de Navarre.

Le Béarnais, lui, semblait ne rien avoir entendu. Il allait, fredonnant un refrain basque où il était question de belles filles et de bon vin.

On arrivait à une croisée de chemins.

____

(1) *Voir* Le Capitaine Bel-Cœur, *vol. I.*

(2) *Voir* Le Capitaine Bel-Cœur, *volume II : La Lionne d'Amour.*

(3) *Voir* Le Capitaine Bel-Cœur, *volume III : La Belle Argentière.*

Le Béarnais tira sur les rênes et s'arrêta.

Un groupe nombreux venait à sa rencontre.

Et, en tête de ce groupe, il reconnaissai' Henri III.

Le roi de France se hâtait. Il avait l'air préoccupé et sombre. Reconnaissant son cousin, il poussa un cri de joyeuse surprise. Une expression de contentement détendit ses traits.

— Or çà ! dit-il d'une voix avenante, où se dirige Sa Majesté le roi de Navarre.

— Sans doute vers le même but que Sa Majesté le roi de France : le devoir !

— Espérons que ce sera aussi : la Victoire.

— Je vais à Meudon, sire, prendre mon quartier général.

— Et moi à Saint-Cloud prendre le mien.

Alors, apercevant Roselin :

— Monsieur de Givry, prononça Henri III, je viens de recevoir la visite de M. de Sancy qui précède de peu ses dix mille Suisses, ses deux mille lansquenets et ses quinze cents reîtres. Ce renfort nous sera extrêmement précieux. Il va opérer sa jonction avec mon armée. Nous pourrons entreprendre sans tarder le siège de Paris... Je n'oublie pas, monsieur, la part prépondérante que vous avez prise à ce succès, et je vous offre...

— Sire, interrompit respectueusement Bel-Cœur, ce faisant, j'ai simplement obéi à la volonté du roi de Navarre, mon maître.

— Ce sera donc à lui de vous marquer en mon nom la gratitude qui vous est due.

— M. le baron de Givry sera nommé comte ce soir, annonça le Béarnais. Je voulais lui en réserver la surprise.

— Sire... balbutia Roselin ému.

— Mon cher comte, interrompit à son tour Henri III, je vous prie, à mon tour, d'accepter quelque chose de moi... Voici mon épée. Donnez-moi la vôtre. Je sais que vous y perdrez, mais vous voudrez bien me consentir cet avantage...

— En échange d'un honneur, compléta Bel-Cœur avec une grandeur noble et simple.

Il donna son épée, reçut celle du roi de France.

Celui-ci reprit :

— Quant à M. de Sancy, ce preux et loyal gentilhomme, la récompense n'égalera point le service qu'il vient de me rendre, mais elle passera ses espérances.

Et, se tournant vers Navarre :

— Mon quartier, à Saint-Cloud, sera logé dans la maison de M. Jérôme de Gondi. C'est là que vous pourrez communiquer avec moi.

— Mes troupes, répondit le Béarnais, vont camper en avant-garde dans les villages de Vanves, d'Issy et de Vaugirard. Je me tiendrai dans ce dernier lieu et quitterai Meudon ce soir.

— L'on me mande, poursuivit le roi de France, que le duc de Mayenne a distribué son armée dans les faubourgs de Paris. Il se charge en personne de ceux de Saint-Honoré et de Saint-Denis ; il a confié à La Châtre la défense de ceux de Saint-Jacques et de Saint-Germain... Mais il ne semble pas avoir grande confiance puisqu'il a dépêché des courriers à Nancy au duc de Lorraine, et à Lyon au duc de Nemours pour les prier de venir à son secours sans tarder... Donc, nous allons fermer les avenues de Paris par le haut de la Seine comme elles le sont déjà par la Normandie.

— Le succès est assuré, affirma Navarre.

— Heureux qui le verront ! proféra Henri III d'un ton singulier.

Il reprenait son air sombre, comme s'il eût été étreint par un sinistre pressentiment.

Et, sans ajouter une parole, il enleva son cheval en piquant des deux.

Les deux escortes continuèrent leur route en sens opposé, divergent plutôt, chacune remontant une branche du V dessiné par le carrefour.

On allait en silence. Henri de Navarre, lui aussi, devenait taciturne.

A quoi songeait-il ? A l'issue de cette guerre où il s'engageait par un patriotique désintéressement ? Ou aux aventures galantes dont elle le privait ?

Chacun respectait son mutisme.

La chevauchée ne tarda pas à arriver à une clairière dont le soleil dorait les fougères et les genêts. Là, au pied d'un calvaire, une femme se tenait assise.

A l'arrivée des cavaliers, débouchant brusquement, cette femme parut surprise et fit mine de s'enfuir. Mais déjà le Béarnais arrivait près d'elle.

C'était une vieille... autant, du moins que l'annonçaient ses cheveux blancs ; mais le visage demeurait jeune, paraissait-il, sous cette chevelure qui l'embroussaillait, et les yeux brillaient d'un éclat extraordinairement vif.

A sa vue, Givry eut un mouvement d'étonnement.

Ces traits ne lui semblaient pas inconnus.

Où les avait-il vus déjà ? Il n'aurait su le dire.

A présent, la femme détournait son regard.

— Bah ! pensa Roselin, quelque marchande rencontrée aux abords des camps !

Et il ne chercha pas plus loin.

— Eh bien, ma bonne femme, que faites-vous ici ? questionna Henri, qui aimait à être familier avec les gens du peuple... Vous attendez le roi de France ?

— Peut-être ! répondit la vieille avec un accent singulier.

— Il vient de passer tout près d'ici. Vous ne l'avez donc pas vu ?

— Le roi de France n'est pas toujours là où on le cherche.

Le ton énigmatique de cette réplique frappa le Béarnais.

— Vous parlez comme un oracle ! fit-il.

— Je puis parler ainsi.

— Vous lisez donc dans l'avenir ?

— Certes !

— Eh bien, alors, reprit Navarre, amusé, dites-moi la bonne aventure.

L'autre ne se fit pas prier.

— Donnez-moi votre main, monseigneur.

Il la lui tendit. Elle la prit, l'examina.

— Belles lignes ! déclara-t-elle à la fin.

— Ah ! ah !...

— Oui... chance prodigieuse, destin élevé... à condition de vouloir le prendre.

Henri tendait l'oreille, attentif. Il avait l'esprit religieux ; mais à cette religiosité la superstition s'alliait : phénomène fréquent à cette époque.

— Alors, dit-il, moitié riant, moitié sérieux, je puis me préparer à monter...

— Très haut !

— Et quand ?

— Bientôt.

— C'est vague.

— Non : c'est clair.

— Combien de temps me faudra-t-il attendre ?

— Peu.

— Ce qui est peu pour les uns est beaucoup pour les autres. Le temps n'est rien pour Dieu... Voyons : des années... des mois... des semaines ?

— Quelques jours.

— C'est peu, en effet ! sourit le Béarnais... Ventre-Saint-Gris ! qu'en dis-tu, Bel-Cœur ?

Celui-ci ne répondit pas. Il fixait sur la femme des yeux étonnés et pénétrants.

Décidément, il avait déjà rencontré cette femme ! et sa voix parlait à son souvenir...

VII

ELLE ?

Quelques minutes plus tard, Navarre et ses gens étaient loin de la clairière ensoleillée.

Ils approchaient de Meudon.

Là, tout était en effervescence. On n'attendait que le roi pour passer la revue des troupes avant de les répartir dans les villages d'Issy, de Vaugirard et de Vanves.

Des nouvelles fraîches venaient d'arriver par les fourriers de Sancy.

Les mercenaires levés en Suisse, et qui avaient pris la route de Neuchâtel et de Montbéliard, se trouvaient renforcés par la cavalerie recrutée par Haraucourt à Strasbourg et dans toute l'Alsace. Cette cavalerie, redoutablement équipée, était commandée par Guitry, Beaujeu, Villeneuve et Théodore de Schomberg.

Mayenne n'avait qu'à se bien tenir !

Le soir, un autre messager de Sancy, déguisé en chaudronnier, annonça un nouveau et important secours : celui de Guillaume de Tavannes, seigneur de Saulx, qui arrivait de Port-sur-Saône et de Langres à la tête de cinq cents chevaux. Ils avaient traversé la Champagne malgré les embuscades des troupes du duc de Lorraine ; on les attendait à Conflans, à deux lieues de Pontoise.

Ces nouvelles favorables enflammèrent le courage des soldats du Béarnais.

D'ailleurs, les événements de ces jours

derniers encouraient à surexciter leur ardeur.

Des émissaires venus nuitamment de Paris racontaient ce qui se passait dans la capitale, notamment la campagne d'invectives menée contre les deux rois par toute une armée de prédicateurs violents : Guillaume Rose, évêque de Senlis ; Jean Boucher, curé de Saint-Benoît , Jacques Le Pelletier, curé de Saint-Jacques-la-Boucherie ; François Pigenat, curé de Saint Nicolas des Champs ; Christophe Aubry, curé de Saint-André-des-Arcs ; François Evailly, curé de Saint-Germain-l'Auxerrois... d'autres encore, parmi lesquels Feuardent Cordelier et Frère Bernard de Montgaillard, dit le Petit Feuillant...

On citait un autre nom : Jacques-Clément de Rieux, qui prêchait ouvertement en chaire contre le roi de France, clamant qu'on pouvait en conscience ôter la vie à un tyran.

Jacques-Clément de Rieux !

A ce nom, Roselin frémit...

Un rideau se déchira devant ses yeux...

Il crut reconnaître la femme de la clairière.

Ne serait-ce pas Rodolphine de Rieux ?

La sœur du prédicateur, du moine fanatique... de celui qu'elle appelait avec tendresse : Jacques-Clément ?

La Belle Argentière !

Mais cette femme était vieille... Elle avait des cheveux blancs...

Sans doute !... Et cependant, il est facile de modifier un visage, de travestir une personnalité...

Rodolphine le lui avait prouvé déjà (1).

Les yeux de la femme brillaient d'un feu que Givry connaissait bien.

Et sa voix... et cet appel qu'il avait entendu dans la forêt, mystérieux, comme lointain... et qui était venu frapper son oreille ainsi que dans un songe ?

Les mots de la prédiction lui revinrent en mémoire.

Dans la clairière, le sens lui en avait paru obscur. Maintenant, il lui semblait net, dégagé de toute ambiguïté sibylline.

Et voici ce qu'elle annonçait :

L'apogée proche pour Henri de Navarre !

Mais pour que le Béarnais pût escalader les sommets qu'on lui promettait en termes voilés, ne fallait-il pas que la route fût libre ?...

Et alors, Givry se rappelait d'autres paroles, autrefois recueillies de la bouche adorable de Rodolphine.

Ces paroles, il s'était insurgé contre elles, à l'heure où elles avaient été prononcées.

Ne menaçaient-elles pas directement le roi de France ?

Elles contenaient tout un plan qui tenait en ce seul mot : Le régicide !

Bel-Cœur avait protesté de toute sa force contre le sanglant projet deviné sous les réticences de la sœur de Jacques-Clément.

Elle s'était émue de cette révolte de sa loyauté et lui avait fait, alors, une promesse...

Cette promesse, la tiendrait-elle ? Pouvait-il avoir confiance en une femme exaltée par le désir de la vengeance ? Elle devait mettre dans ses travers la même fougue que dans ses amours !

Mais, avant tout, Rodolphine de Rieux était-elle la même femme que la pythonisse de la forêt de Meudon ?

Il essayait de comparer... de raisonner... de déduire.

Il appelait toute sa mémoire à son secours...

Physiquement, l'expression présentait des analogies sous le vieillissement même. Moralement, Givry jugeait la veuve de Philippe Altovici (1) parfaitement capable de recourir à un tel stratagème pour venir espionner dans les parages de la résidence royale.

Or, cette clairière n'était pas très éloignée de Saint-Cloud...

Toutes ces conjonctures troublaient profondément le capitaine Bel-Cœur.

Il en oubliait même Olivia de Sylvanès... son amour jeune et frais comme une rose de mai.

Il ne pensait qu'à Rodolphine qui, elle aussi, avait asservi son âme.

Etait-ce pour l'aimer ou pour la maudire !

Eperdu, il se le demandait...

---

(1) *Voir* Le Capitaine Bel-Cœur, *volume III :* La Belle Argentière.

(1) *Voir* Le Capitaine Bel-Cœur, *volume III :* La Belle Argentière.

Et son âme vacillait au souffle de la destinée.

VIII

L'AMANTE FATALE

Ce 1er août, à midi, le camp de Henri de Navarre fut secoué tout à coup d'une rumeur étrange qui se propagea avec une rapidité foudroyante :

— Le roi de France vient d'être assassiné à Saint-Cloud !

Pas de détails encore. La nouvelle venait d'être apportée par Guillaume de La Varenne, envoyé là-bas en liaison. Et La Varenne se tenait enfermé avec le roi de Navarre, en grand secret, en mystère absolu...

Lorsqu'il sortit de cette conférence, la première personne qu'il rencontra fut Roselin de Givry, qui l'attendait avec une fiévreuse impatience.

— Eh bien ! que me dit-on ?... Henri III...

— Frappé à mort ce matin, mon cher comte.

— Par qui ?

— Par un jacobin fanatique du nom de Jacques Clément.

Bel Cœur sursauta. Une pâleur envahit son visage. Il força son énergie pour demander :

— Le meurtrier ?

— Arrêté séance tenante. Il n'a pu se défendre, ayant laissé le poignard planté dans la blessure.

— Et le roi ?

— Il agonise... Mais avant de mourir, il aura eu la satisfaction d'apprendre que son assassin n'est plus... Il l'a blessé lui-même au-dessus de l'œil avec l'arme qu'il retira de sa plaie... Et le misérable moine fut incontinent assommé, percé de coups par les gardes accourus au cri du roi, et jeté par les fenêtres.

— N'y a-t-il aucun espoir de sauver Sa Majesté ?

— Aucun... Antoine Portal, chirurgien et valet de chambre ordinaire, déclare que la victime ne passera pas la nuit.

Givry se tut, atterré, pendant que La Varenne donnait d'autres détails plus circonstanciés.

Henri III, ayant conscience de son état, se préparait chrétiennement à la mort.

Son chapelain Etienne Boulogne venait de recevoir sa confession et de lui donner le viatique. Après l'absolution, le roi avait récité le psaume *Miserere meï Deus*, d'une voix expirante.

A ce moment du récit de La Varenne, un grand bruit s'éleva. Ordres, mouvements d'estafettes, chevaux qu'on harnache en hâte, tintements d'épées et d'éperons.

Henri de Navarre parut sur la porte de sa maison. Il aperçut Givry, l'appela du geste et lui dit :

— Comte, fais seller ton cheval pour me suivre.

— Nous allons loin, sire ?

— Non : à Saint-Cloud.

*

* *

Une heure après, le Béarnais était introduit dans la chambre où mourait la victime de Jacques-Clément, où le roi de France allait rendre ses comptes à Dieu.

Henri III le reconnut, eut la force de lui sourire.

Oh ! ce sourire d'un roi qui va mourir assassiné quand son pays est en proie aux convulsions de la guerre civile !... de Valois qui expire sous les yeux de Bourbon !

Le Béarnais paraissait violemment, sincèrement ému. La générosité était, en cette minute, le seul mobile de son âme loyale.

Il se jeta à genoux auprès du lit du roi et fondit en larmes sans pouvoir parler.

Alors, Henri III le fit lever, reçut son baiser et lui dit d'une voix faible, au timbre altéré par la souffrance :

— Henri, si Dieu dispose de moi, je vous laisse la couronne de France comme à mon légitime successeur... Mais vous ne la posséderez jamais tranquillement à moins de rentrer dans la religion catholique, ce que je vous exhorte à faire...

Il tourna fébrilement la tête vers les princes et seigneurs assemblés.

— Messieurs, dit-il, si je ne réchappe point de ce coup-ci, vous reconnaîtrez comme souverain le roi de Navarre... Je vous prie de lui jurer sur-le-champ obéissance et fidélité.

A la voix du mourant, tous mirent genou en terre devant le Béarnais.

Pendant ce temps, Givry se faisait conduire auprès du corps du meurtrier. Il retrouva là Roger de Bellegarde.

Jacques-Clément était allongé sous un suaire que Roselin souleva d'une main tremblante.

Il retint un cri prêt à jaillir de sa poitrine bouleversée.

Dans la pâleur de la mort, ce visage rasé ressemblait étrangement à celui de Rodolphine, la belle passagère du *Calvador* (1), celle qui savait si bien aimer... et si bien haïr !

____

(1) *Voir* Le Capitaine Bel-Cœur, volume III : La Belle Argentière.

COLLECTIONS DU LIVRE NATIONAL

LIVRE DE POCHE — le volume (franco 65 c.) 50c

P. d'AIGREMONT
21-22. L'Empoisonneuse (2 vol.)
27-28. Secret de Marianne (2 v.)

Ch. BOILLEAUX
17. Haine d'amour.

Jean BOURDEAUX
35. Ma jolie brunette.

Alex. BOUTIQUE
18. Amour vrai.. Faux amour.

Jean BOUVIER
41. Le Roman d'une petite bonne.

Jean BRIGNAC
34. Paulette Mignon

Paul DARCY
6. Les forces de l'amour.
31. La Conquête du Bonheur.
36. Rosette Jolie.
45. Roman d'une orpheline

Paul de GARROS
25. Cœurs d'Alsace.
42. Celui qu'elle aime.

J. de GASTYNE
12. Flétrie.
15. L'enfant du crime.

Geo GRANDEL
13. Cœurs torturés.

M. de JALIN
16. Le Bigame.

Marie de LA HIRE
2. L'amour pardonne.
20. De l'Amour au Printemps.

Jean de KERLECQ
39. Au-dessus de l'amour

H. LANGLADE
33. Calvaire d'amour.

Jules LERMINA
40. Pour la torture et pour l'amour.

G. LE ROUGE
24. Un drame de l'invasion

Marc MARIO
11. Mariage forcé.

Jules MARY
3-4 Roger la Honte (2 vol.).
7-8 Mère coupable (2 vol.)

René MONFORT
49. L'Amant légitime.

Marcel OLIVIER
17. Ennemi de sa femme.
46. Aimer... Mourir.

J. PETITHUGUENIN
50. Sous le masque de l'Amour

Fernand PEYRE
48. L'erreur d'une Mère.

H. SÉVIN
10. Calvaire d'une Princesse.

G. SPITZMULLER
14. Les Ailes brisées.
26. Voici des Roses...
47. L'Abîme sous les Fleurs.

Pierre TALVA
30. Tragiques fiançailles

René VALBREUSE
1. Petit cœur.. Grand amour.

Robert VALIN
5. Belle, Riche.... et malheureuse.

Charles VAYRE
23. Volte Cœur.

Maxime VILLEMER
43-44. Deux cœurs de Femmes. (2 vol.).

René VINCY
9. Mortel baiser.
19. Mam'zelle Nouveau-Riche
29. L'Enfant des larmes.
32. Le rêve de Francine.
38. Tendre victime

ROMANS POUR TOUS — le volume (franco 65 c.) 50c

P. d'AIGREMONT
4. Tante Jacqueline.

H. de BALZAC
22. La Vendetta.
31. Le Colonel Chabert.

Ch. de BERNARD
38. La Peau du Lion.
52. La chasse aux amants.

Alex. BOUTIQUE
16. Fiancée douloureuse.
43. Les impossibles fiançailles.

Paule BRUYS
30. Celle qui aima...

Henry de CHAZEL
32. L'amour qui sauve.
44. Belle Amie.

Marg. COLEMAN
19. Le capitaine Magloire.

Paul DARCY
15. Reine de Beauté.
34. Pour l'honneur.
46. La Princesse mystère.

E. DREVETON
25. Fiancée de Charleroi

J. de GASTYNE
37. Sacrifice d'amour
49. Fille d'amiral.

Henri GERMAIN
2. L'enfant perdu !
11. Amour coupable

M. de JALIN
14. Sacrifice du cœur.

Marie de LA HIRE
9. Le prix du bonheur.
42. Les amants de Montmartre

Jules LERMINA
5. Sœurs tragiques
23. La criminelle.

G. LE ROUGE
3. Le Mystérieux Dr Cornelius.
6. Le Sculpteur de chair humaine.
12. Chevaliers du chloroforme
18. Le secret de Miss Ophélia.
24. Le cottage hanté.
30. Cœur de gitane.
35. Le buste aux yeux d'Emeraude.
40. Dame aux scabieuses.
45. Le démon de la maison bleue.

Jules MARY.
1. Les feuilles tombent...

Ch. MÉROUVEL
7. La confession d'un gentilhomme.
47. Dos à dos.

Marcel OLIVIER
26. Le tiroir a secret.
41. Un drame dans les ténèbres.
50. Le diamant noir.

H. SEVIN
13. Le dernier des maudits.
28. Le mystère de la maison d'en-face
48. Cruelle aventure

Charles SOLO
8. Fiancés devant la mort.

Frédéric SOULIÉ
27. La Marquise de Favierrs.

G. SPITZMULLER
17. L'amour dans la forêt
36. Nouveaux riches.

Maxime VILLEMER
33. La filleule du général.

René VINCY
20. Le chemin du cœur

H.-R. WOESTYN
9. Lèvres muettes.
21. L'angoissante enigme
51. Un mariage annulé

LES CHEFS-D'ŒUVRE DU CINÉMA

Périodique hebdomadaire illustré par les photographies du film

Déjà paru :

Arthur BERNÈDE

LES DRAMES DE L'AMOUR IMPÉRIA

Complet en 13 fascicules illustrés :

1 et 2 Le Serment à la Croix.
3 La Danse du Diadème.
4 D'énigme en mystère.
5 Tempête dans un cœur.
6 Condamnée.
7 La lumière dans la Prison.
8 Herzélius Master.
9 Revanche des Bohémiens.
10 Le Saut de l'Ecureuil.
11 Le Cœur de Miarka.
12 Le Poison de Beauté.
13 Par le pardon et par l'amour.

60c le fascicule (franco 65 c.) l'ouvrage complet (franco 8 fr. 40) 7f80

En cours de Publication :

Gaston LEROUX

TUE-LA-MORT

Sera complet en 13 fascicules illustrés :

1 et 2 L'Auberge du Petit Chaperon Rouge
3 La Forge des Quatre-Chemins.
4 Les Contrebandiers.
5 L'Inconnu.
6 Tue-la-Mort et Ovilla.
7 Une étrange hypothèse.
8 L'incendie.
9 Canzonette.
10 Tu ne tueras point.
11 Un et un font un.
12 Tibério.
13 La vengeance de M. Ovilla.

60c le fascicule (franco 65 c.) l'ouvrage complet (franco) 8 fr. 40 7f80

Déjà paru :

LI-HANG LE CRUEL :: :: par :: :: Marcel PRIOLLET ::

D'après le film de MM. ANDRÉ DE LORDE et HENRI BAUCHE

1e Fasc. **Au souffle des Passions.**
2e — **Amour d'Esclave.**
3e Fasc. **Un duel à la chinoise.**
4e — **L'autre Collier.**

60c le fascicule (franco 65 c.) l'Ouvrage complet (4 fasc.) 2f40 (franco 2 60)

Ces Ouvrages sont en vente partout et à la
Librairie du LIVRE NATIONAL, 75, rue Dareau PARIS (14e)

IMP. CRÉMIEU, 4 BIS, RUE DES SUISSES, PARIS